6 [ZU] KURZ[E] GESCHICHTEN

über das ewige Leben

Ein geistvoll-grotesker Krimi – wahrhaft zeitlos

von
Harry T. und Joe B.

6 [ZU] KURZ[E] GESCHICHTEN

über das ewige Leben

Ein geistvoll-grotesker Krimi – wahrhaft zeitlos

von

Harry T. (Kultautor)

und Joe B. (Schreiberling)

Herstellung und Verlag: BoD – Books on Demand, Norderstedt
ISBN: 978-3-7448-0967-2

Idee und Realisierung: Harry T. und Joe B.
Illustration und Gestaltung: Joe B. und Harry T.
Lektorat und Korrektat: Joe B., Gilly B. und Harry T.
Fotos und Grafik: Joe B. und Harry T.; Silvia P. (3/13)
Motivation und Kritik: Der Brixener Lesekreis

Vorwort

Wer ich bin, werden Sie noch erfahren. Ihr alle werdet mich noch richtig kennenlernen.

Was ich tue, oder besser: was ich getan habe, das wird Ihnen eindringlich in Erinnerung bleiben. Wann es geschehen ist, werden Sie lange nicht verstehen.

Und warum ich das tue? „Ja, das würde ich auch gerne wissen! Und was eigentlich? Und wen soll das überhaupt interessieren?", argwöhnt da mein neben mir sitzender Schreiberling, der lieber anonym bleiben möchte, sarkastisch beim Tippen dieser Zeilen. Hier sollte ich vielleicht etwas ausholen.

Ich hatte wahrlich sehr lange Zeit, um nachzudenken. Jahrelang, immer wieder, im Urlaub. Brixen im Thale hat mich vereinnahmt, wie schon die letzten zehn Jahre. Sanfte Wiesen, erbauliche Berghänge, laue Sommerdüfte, sehnsüchtige Blicke auf ferne Gipfel, ausgedehnte Wanderungen – immer auf der Suche.

Die grenzenlose Beschaulichkeit stimuliert mich. Sie hat mich die letzten neun Jahre getrieben – in den Wahnsinn mit einer grandiosen Idee: Ich schreibe ein Buch. Die Idee wurde im Brixener Lesekreis begeistert aufgenommen („Müssten wir nicht ‚verstört aufgenommen' schreiben", murmelt mein Schreiberling). Egal – der Brixener Lesekreis, das sind all die in Brixen Miturlaubenden, die andeuteten, das Werk gelesen und verstanden zu haben, und die mich mit ihrem Kopfschütteln motiviert haben, das möglichst bald fortzusetzen und rasch zu beenden, was ich begonnen habe. Neben einer fanatischen Fangemeinde habe ich als retro- und prospektiv erfolgreicher Kultautor natürlich auch meinen eigenen Schreiberling, der da aus intellektuell nicht nachvollziehbaren und selbst para-psychologisch unerklärbaren Motiven mitmacht: Ich denke. Er formuliert und tippt. Oder wie er sagt: er konvertiert meine losen Gedanken in gedankenlose, grammatikaffine Literafolgen mit digitalem Verbreitungspotenzial. Wie auch immer, mein Gesamtwerk ist fertig – und ich vollkommen.

Wir haben neun Jahre gebraucht, um das Gesamtwerk zu vollenden. „Wir nennen die Teile ‚Konvolut' – oder noch besser: ‚Wälzer'!", verkünde ich stolz meinem Schreiberling, der sogleich die Frage aufwirft, ob bei einem „Wälzer" Schriftgröße 36 pt für eine entsprechende Seitenzahl zumutbar sei.

Wir haben uns schließlich auf „Buch" geeinigt, da ja auch wenige Seiten aus Buch-Staben bestehen. Was mein Schreiberling anfangs noch nicht wusste: „Geständnis" wäre besser gewesen.

Sie merken sicher schon: mein literarisch-kriminelles Gesamtkunstwerk, das sind sechs [zu] Kurz[e] Geschichten samt Epilog und Abspann. Es sind sechs „Bücher" über – Sie werden staunen – das ewige Leben, die auf geheimnisvolle Weise miteinander verschlungen sind – und am Ende vordergründig doch keinen Sinn ergeben könnten. Insoferne erwarten Sie nichts über den Sinn des Lebens. Hintergründig werden Sie staunen.

Das 1. Buch „Der 'chattenmann" wird Sie verwirren. Das 2. Buch „Fegefeuer" wird brennende Leidenschaft entfachen. Das 3. Buch „Ewig" werden Sie nicht mehr aus Ihrem photographischen Gedächtnis streichen können. Das 4. Buch „Schodaun" gibt es nicht, weil es nicht geschrieben wurde, sondern passiert ist. Erst der Epilog, der kein Buch ist, wird alles vereinen. Sie sollten dann epi-logisch verstehen, warum wir all das schreiben mussten. Da wir annehmen müssen, dass Sie absolut nichts verstehen (das liegt aber nicht an uns), gibt es 6. „Noch ein Buch", das als semantisch-integrativer, spannender Abspann für die dringend notwendige geistige Entspannung sorgt. Erst hier werden Sie wirklich alles erfahren!

Ihr Harry T.
Brixen/Wien, 2017

p.s.

Vielleicht sollte ich noch betonen, dass wir jetzt das Jahr 2017 haben, jedenfalls aus Ihrer Sicht. Merken Sie sich das! Und wir dürfen jetzt das schreiben, was wir lange nicht schreiben konnten, wegen dem, was Sie noch nicht wissen durften.

p.p.s.

Sollte Ihre Phantasie mit Ihnen durchgehen, so möchte ich doch noch sicherheitshalber anmerken, dass das alles frei erfunden ist und jede Ähnlichkeit mit irgendwas oder irgendwem rein zufällig und unbeabsichtigt ist.

Wenn Sie das auch nicht davon abhält, einen wahren Kern dahinter zu suchen, dann kann ich Ihnen noch einen Aufenthalt in einer psychiatrischen Klinik empfehlen – in der Sie sich vielleicht ohnehin schon befinden, weil Sie das gelesen haben.

p.p.p.s.

Sollten Sie der sein, den wir suchen, dann nehmen Sie all das durchaus ernst – wir finden Sie!

Und sollten Sie gar derjenige sein, der uns sucht, dann lesen Sie ruhig weiter – *[kicher]* – und suchen das Geheimnis – *[kuder]* – Sie werden es sicher irgendwo irgendwann finden! – *[bruhaah]*

1. Buch

Der 'chattenmann

von

Harry T. (Kultautor)
und Joe B. (Schreiberling)

(2009)

Vorwort

Haben Sie es schon selbst versucht?
Ich meine: selber versucht, ein Buch zu schreiben?

Ich habe es versucht: zwei Jahre – mit „genialen" Ideen – ein Krimi, nein ein amüsanter Krimi soll es sein – nein, ein komischer Krimi, der aus gutem Grund zugleich geheimnisvoll, absurd und genial ist.

Ich bin natürlich gescheitert. Zwei Jahre und keine einzige Zeile geschrieben. Oder genauer: ich musste aus diesem guten Grund vorerst zeilenlos scheitern.

„Lächerlich – was will der überhaupt?" werden Sie jetzt denken. Sie haben Recht – überlassen wir dieses kreative Genre den Genies, die so etwas zustande bringen. Die einen machen echte Kohle damit, die anderen eben nicht. Oder anders ausgedrückt: Ich und andere verfolgen andere Ziele.

Ich musste das Werk im Stillen beginnen. Denn was Sie noch nicht wissen: hinter all dem verbirgt sich ein großes Geheimnis – ich muss verdammt aufpassen, denn vielleicht sind Sie es, der genau auf das wartet, was ich hier nicht niederschreiben darf – noch nicht …

Mir wurde klar, dass ich eine schriftstellerische Hilfskraft zur Bewältigung meiner literarischen Bestimmung finden musste, die nicht völlig vertrottelt, aber dennoch einfältig genug war, mein geheimes Geheimnis zu Papier zu bringen – ohne viele Fragen zu stellen oder gar das Ganze in Frage zu stellen. Einen Schreiberling, der genial und dennoch naiv genug ist, die komplexen interdependent-intertemporalen Geschehnisse zwar zu verstehen, aber sie nicht in ihrer gesamten Dimension begreift. Meine wahre Kunst lag darin, diese beinahe unmögliche Person in Joe B. zu finden, so hoffte ich jedenfalls.

Damit Sie einmal sehen, welche Schätze an literarischen Kunstwerken Sie bereits gelesen haben, möchte ich Ihnen am Beginn das Unvermögen vor Augen führen – das vordergründige Unvermögen, ein Buch mit mehr als drei A5-Seiten zu schreiben. Sie werden staunen: selbst das ist nicht einfach. Und warum ich das getan habe und welche „Rolle" das hintergründig spielt, werden Sie erst viel später verstehen.

Ihr Harry T.
Brixen/Wien, 2009

p.s.

Mein Schreiberling Joe B. möchte als Schreiberling eines geheimnisvollen Kultautors lieber anonym bleiben, weil er, wie er sagt „mit den kranken Gedanken kognitiv in futuro prohibitiv-konnektiv" bleiben möchte. Ich weiß zwar nicht, was er damit meint, danke ihm aber dafür, dass er meine wirren Gedanken mit wirren Gegenfragen auf ein Mindestniveau interpersoneller literarisch-semantischer Kommunikationsvermittlungsfähigkeit (des staummt von eam) gebracht hat.

p.p.s.

Sie wissen ja, dass wir jetzt, wo Sie das Buch vor Augen haben, das Jahr 2017 schreiben, jedenfalls aus Ihrer Sicht. Zumal wir annehmen, dass Sie in einer lange Reihe zeltend vor einem Buch-Shop oder einer Online-Handlung ungeduldig auf das Erscheinen unseres Buches gewartet haben. Vielleicht ist es auch 2018 oder später, weil Sie erfolglos darauf gewartet, es geschenkt zu bekommen. Jedenfalls müssen Sie verstehen, dass wir jetzt im 1. Buch das Jahr 2009 haben und das 1. Buch bereits auf dunklen Kanälen veröffentlicht wurde. Stückweise, so wie alle weiteren Bücher, damit es der liest, den wir suchen, um das zu bekommen, was uns gehört.

Keiner wusste, warum. Auch er selbst nicht. Aber eines Tages wusste er, dass er ihn hasste. Er hasste ihn so abgrundtief, dass er ihn auch nicht mehr denken konnte. Geschweige denn schreiben konnte. An diesem einen Tag hatte er den Buchstaben „S" aus seinem Leben verbannt – dieses verdammte, diabolische „S"!

Es war wohl auch einer der Gründe, warum er damals diesen Job bei der Kripo angenommen hatte. Da fiel es niemandem auf, nachdem hier alle so etwas wie die Rechtschreibung auch aus ihrem Leben verbannt hatten. Und es war auch seine besondere Begabung, jederzeit in einen schlafähnlichen Zustand verfallen zu können, in einen Tiefschlaf, der hell wach war und der ihn alles sehen ließ – wirklich alles. Diese Begabung hatte ihn zu dem gemacht, was er heute war: ein Schattenmann, der im Schatten anderer sein Leben verbrachte.

Und so saß er an diesem Nachmittag in einem dieser verlorenen Cafés in Süßenbrunn – oder 'ü'enbrunn, wie er es nannte. Es war bereits der dritte Tag, den er hier verbrachte. Ebenso wie jene zwei heruntergekommenen Kreaturen, die an ihrem Stammplatz unbedeutend vor sich hinstarrten. „Ein Gla' Wa''er, bitte!" Die Sonne blendete ihn, selbst bei geschlossenen Augen. Die Terrasse bot keinen Schatten. Dennoch – geduldig ertrug er den Auftrag, den er zu erfüllen hatte. Und er erfüllte ihn jetzt. Denn von der Dorfstraße kommend betrat ein Mann im beigen Sommeranzug mit weißem Hut das Café. Er war aber nicht allein – die Sonne machte einen Schatten zu seinem Begleiter. Der Schatten war dunkel – dünkler als … – nein, er war schwarz.

Das Glas Wasser war noch immer nicht gekommen. Der Mann mit dem Hut, den er wahrlich gut kannte, trat an die Bar und bestellte ein Bier. Ohne in die Runde zu blicken, hob er langsam sein Glas. Der 'chattenmann konnte mit geschlossenen Augen deutlich das Unbegreifliche verfolgen. Während der Mann mit dem Hut einen kräftigen Zug tat, drehte sich sein schwarzer Schatten bedrohlich zu ihm. Der Schweiß stand dem 'chattenmann auf der Stirn – so nah war er ihm noch nie. Der schwarze Schatten kam näher und näher. Sollte dies das Ende sein, so banal, so einfach. Der 'chattenmann biss sich in die Lippen, als der Schatten sich endgültig über ihn beugte.

„Wos woin's?" Fassungslos starrte der 'chattenmann in das versoffene Gesicht des Kellners. Dieser starrte ihn ebenso fassungslos an. „Ein Gla' Wa''er bitte!" „Wos wüs'd, G'scherder?" Wie sollte er dieser Kreatur das Diabolische begreiflich machen? „Bring mir ein Bier", kam ihm über die Lippen. „Nau geht jo eh" fluchte der glatzköpfige Kellner und wandte sich kopfschüttelnd ab. „Geh 'chei''en, G'offener", dachte der 'chattenmann und schloss seine Augen.

Mit unfreundlicher Miene knallte der versoffene Kellner Minuten später dem 'chattenmann sein Bier hin, mit einem verächtlichen „Nau wenigstens bist net a Kanak!" Der 'chattenmann, der wahrlich kein Bier vertrug, griff nach dem Glas, das eiskalt war, und versank wieder in seinem schon gewohnten Dämmerzustand – der große Schatten breitete sich wieder über ihn aus.

Er konnte das Bierglas deutlich sehen, wie es langsam aus seiner kraftlosen Hand glitt und lautlos auf dem schmutzigen Terrassenboden zersplitterte. Er griff nach dem Glasboden und spürte, wie sich die Splitter langsam in die weiche Haut bohrten. Der schwarze Schatten beugte sich über ihn – er wurde dunkelrot – nein, nicht dunkelrot – er war blutrot.

Der Mann mit dem Hut nickte dem 'chattenmann zufrieden zu. Er hob das Glas, als würde er anstoßen, und verließ das Café Richtung Dorfstraße. Und der 'chattenmann sah, dass er es ohne seinen Begleiter verließ. Von weiten hörte er die Stimme seines Kollegen von der Kripo: „Heast, kumm mit – des miass ma auf der Dienststelle klären…" Der 'chattenmann stieg emotionslos über den am Boden liegenden leblosen Körper des versoffenen

Kellners. Das Glas in dessen ungewaschenem Hals glänzte im Sonnenlicht.

Gedankenverloren verfolgte der 'chattenmann das Geschehen im Saal – von der Anklagebank sah der Saal plötzlich ganz anders aus. Er konnte es nicht begreifen. Er wusste auch nicht mehr, wie viele Tage er hier schon hinter sich gebracht hatte. Aber das konnte er deutlich verstehen: „Das Gericht verurteilt Sie wegen Mordes zu sechs Jahren Freiheitsstrafe. Es ist erwiesen, dass Sie am sechsten Juni 2006 gegen 18:06 dem sechsundsechzigjährigen Siegfried Steiner tödliche Verletzungen im Halsbereich mit einem abgebrochenen Bierglas zugefügt haben. Haben Sie dazu noch etwas zu sagen?" Der 'chattenmann schwieg. „Ich musste es tun", zuerst schmerzverzerrt, dann mit zunehmender Genugtuung konnte er es wieder denken – es, das S – das diabolische SS.

Der Schattenmann starrte auf das kleine Fenster und dann auf die schattenhaften Gitterstäbe am Boden, die sich wie Haken kreuzten und als Runen in sein Gehirn brannten. Jetzt hatte er endlich Zeit, hier alleine.

„War es das überhaupt wert?" „Ja!", sagte der Mann mit dem Hut, „er säte so wie sein Vater nur die Saat des Bösen. Du warst es deinem Vater und mir schuldig. Diese verdammten Schergen der SS! Dieser verdammte Steiner! Er wusste wohl, was er wissen wollte. Dein Vater musste deshalb mit ansehen, was sie deiner Großmutter und mir angetan haben. Wir haben das Geheimnis bei allen Qualen nicht verraten! Du aber, merke es dir. Merke es dir lange!"

„Ja, jaaaa – 6. 6. 1944, S-Süßenbrunn – es-es kommt – an die'em ver'chi''enen Tag" Der 'chattenmann schloss die Augen – er konnte es deutlich sehen. Das Tor in die unendliche Zukunft öffnete sich. Und das Geheimnis verschloss sich hinter seinen fast toten Augen.

2. Buch

Fegefeuer

von

Harry T. (Kultautor)

und Joe B. (Schreiberling)

(2010)

Vorwort

Haben Sie es nun schon selbst versucht?
Ich meine: selber versucht, ein Buch zu schreiben?

Ich habe es versucht. Oder besser, ich musste es tun. Oder noch
besser: ich muss so tun, als ob ich es versucht habe, weil ich es ja
tun musste. Der großartige Erfolg meines Erstlingswerkes „Der
'chattenmann" (Harry T. und Joe B., 2009, 3 Seiten) hat mich
jedenfalls dazu angeregt, naja – besser mal eine künstlerische
Pause einzulegen und mein geheimes Geheimnis ruhen zu lassen.

„Welches Geheimnis?", murmelt da mein neben mir tippender,
etwas naiver Schreiberling, der zwar in alles eingeweiht ist, aber
offenbar unser gemeinsam erarbeitetes, geheimes Konzept noch
nicht verarbeitet hat: „Na, das Geheimnis, das er …" „Wer er?"
„Na ich!" „Ach er – der mit dem Geheimnis", flüstert mir jetzt
mein schlauer Schreiberling konspirativ zu. Nun gut, nachdem es
jetzt ohnehin schon alle wissen: Ja, der im 1. Buch mit dem geheimnisvollen „S" – das bin ich. Ich weiß das aber noch nicht.
„Und er kennt auch das Geheimnis noch nicht, obwohl ich es
weiß", verkündet da stolz mein Schreiberling. So, es reicht – hören Sie bitte kurz weg: „Ich weiß das Geheimnis mit der Rolle
und der Kamera natürlich auch, aber ‚er' weiß es nicht und natürlich wissen jetzt schon alle, dass er ich ist – also er ich bin, aber
sie wissen noch nicht, dass ich das nicht weiß und keiner darf das
wissen. Und ich sitze neben dir und nicht im Gefängnis, weil das
nur so eine Kopfsache ist, was aber keiner wusste, auch er selbst
nicht – alles klar!" Ich sagte ja oben, ich habe „versucht", ein
zweites Buch zu schreiben …

Also: Es ist mittlerweile ein intensives Jahr vergangen. Ich bin
nun wieder voller Elan, obwohl vielleicht literarisch doch etwas
gedämpft ambitioniert, oder sagen wir mal eigentlich doch total
schreibmüde. Egal, jedenfalls habe ich wieder ein großartig
durchdachtes Konzept für einen grandiosen Kriminalfall, der –

wie mein naiver Schreiberling verdächtigerweise anmerkte – diesmal vermutlich gerade Mal zwölf Zeilen füllen würde. Obwohl: Konzept ist nicht ganz richtig – monumentales Konstrukt für die Ewigkeit wäre hier doch zutreffender.

Sie werden jetzt wieder denken: „Lächerlich – was will der überhaupt?" Das kann ich Ihnen aus gutem Grund noch nicht sagen, aber schütteln Sie nicht den Kopf, bändigen Sie Ihr Mitleid. Sie können immer noch dieses zweite Buch ungelesen auf die Seite legen. Sie werden zwar nichts versäumen, aber eine Frage wird Sie fortan unbeantwortet quälen: Geht es noch schräger?

Das sei hier noch nicht verraten, aber jedenfalls länger. Ja, neun Seiten geheimnisvoller Qualen des Lesens liegen vor Ihnen. Sie werden stolz und glücklich sein, wenn Sie es geschafft haben…

Ihr Harry T.
Brixen/Wien, 2010

p.s.

Meinem Schreiberling Joe B., der im vorliegenden Kontext klarerweise anonym bleiben möchte, danke ich wieder, dass er meine wirren Gedanken ins Lesbare an der Grenze des Unerträglichen gebracht hat.

Allerdings entstehen bei mir die ersten Zweifel in der Wahl meines zwar naiven Schreiberlings, jedoch: Er hinterfragt, er stellt unangenehme Fragen, er interessiert sich unverständlicherweise für Zusammenhänge, die ich selber gar nicht erklären kann – und er sitzt jetzt tippend neben mir und starrt mich an.

Ein Knistern weckte mich. Weckte mich? Nein – ich war wohl ohnehin die ganze Zeit wach, in diesem wachen Zustand, den mir noch nie irgendjemand in irgendeiner Weise beschreiben konnte. Ein geheimnisvoller, zeitloser Zustand, der sich wie ein ewiger Moment anfühlt und den ich so lange erwartungsvoll herbeigesehnt habe. In keinen Schriften habe ich je darüber gelesen – dabei habe ich mein ganzes Leben danach gesucht. Und jetzt, jetzt habe ich das Unfassbare in meiner Hand.

Das Knistern weckte mich erneut und ein erstes Flackern gab mir in der Dunkelheit das Licht, das den endlosen Zustand endlich zu Ende bringen würde und Gewissheit über die Ewigkeit bringen würde. Und ich wusste, nein ich weiß, dass ich nicht mehr lange Zeit habe, um ewig Zeit zu haben. Und jetzt, jetzt werde ich es erfahren ...

Jahrelang habe ich es gesucht – nicht einfach so: Ich war geradezu besessen von diesem Gedanken. Dieses Mysterium hat mein ganzes Leben bestimmt – das Geheimnis, das von vielen so verheißungsvoll versprochen wird und das dennoch so banal, so lächerlich wirkt, wenn man es ernsthaft sucht: Das Geheimnis des ewigen Lebens.

Mein einfaches Leben als unscheinbarer Kriminalbeamter, nach außen hin ohne Ambition und ohne Ziel, hat mir ausreichend Zeit gegeben, mich Tag und Nacht verbissen mit diesem Gedanken zu befassen. Es hat aber auch meinen Instinkt geschult, das Undenkbare zu denken und an das Unglaubliche zu glauben. Und vor allem auch daran zu glauben, dass mir der Zufall bestimmt ist. Und mein kriminalistischer Spürsinn hat mir geholfen, Verbrechen zu klären – und Verbrechen zu begehen, wenn ich es für richtig und wichtig erachtete. Ich bin reuelos überzeugt, dass ich es tun musste.

Mein Gott, wie naiv ich doch alles begann! Natürlich – im Altertum würde ich alles finden. Die mystischen Orte, die geheimnisvollen Stätten des Altertums – und die Menschen, die mir versprachen, dass ich an diesen Stätten das Geheimnis finden würde. Ihnen allen habe ich das angetan, was sie mir angetan haben. Den brennenden Schmerz, den sie mir durch ihre Ignoranz und Arroganz zugefügt haben, musste ich mit dem Purgatorium, dem Fegefeuer, meinem Feuer bestrafen. Sie alle sollten den brennenden Schmerz bei lebendigem Leibe spüren. Und ich konnte ihre Asche auf mein Haupt streuen.

1980	**S**imon **H**evithal	– See Genezareth
1983	**I**brahim **A**bdullah	– Pyramiden von Gizeh
1987	**M**aurice **U**not	– Lourdes
1989	**M**ichele **P**artini	– Rom
1992	**E**l **T**islo	– Machu Picchu
1996	**R**udolf **S**chuster	– Mayerling
2000	**I**to **T**ahira	– Hiroshima
2003	**N**gabene **R**agunda	– Nördliche Sahara
2005	**G**eorge **A**shby	– London
2008	**E**dim **S**sulomi	– Tadsch Mahal
2009	**R**ubinow **E**dwinschki	– Moskau

Ja, ich habe eine Liste geführt – nicht der unsinnigen Stätten wegen, nein, ich wollte mir diese Menschen immer wieder in Erinnerung bringen, denn sie haben mir den Weg zum Geheimnis versprochen und sie haben alles gebrochen. Ich habe sie abgefackelt, damit sie im Fegefeuer ihr Verbrechen sühnen, solange ihr unwürdiges Dasein mir mein Geheimnis vorenthielt.

Bei diesem Simon Hevithal war es noch ein eigentümliches, fast unheimliches Gefühl. Wie er mich stumm und ohne Schmerz aus dem Feuer mit seinen brennenden Augen anstarrte. Bei allen weiteren ließ mich ihr jämmerliches Geschrei bei der glühenden Hitze dagegen völlig kalt – Gewöhnungseffekt, dachte ich mir.

Und dann eines Tages stand es vor mir – das konnte kein Zufall sein. Es war die Gewohnheit meines Arbeitsalltags, Namen mit großer Deutlichkeit zu schreiben und aus irgendeinem Grund betonte ich die ersten Buchstaben, indem ich sie nochmals in aller Klarheit überschrieb. Es war so lächerlich, was ich an diesem Tag auf dem Zettel vertikal mit aller Klarheit sah. Ich wusste dennoch, dass mir, nur mir, dieser Zufall bestimmt war.

An diesem brennend heißen Sommer war ich endlich am Ziel: Simmeringer Hauptstraße. Die Nummer meines endlos langen Ziels habe ich auf dem Zettel erst gar nicht gesucht. Ich war überzeugt, dass ich es spüren würde, wenn ich dem Geheimnis näher kam.

Wie in Trance drängte ich mich in den 71er, der mich endlos über den Rennweg vorbei an sinnlosen Stationen schleppte. Bis ich endlich am Anfang meines Ziels war. Die ersten Stationen in der Simmeringer Hauptstraße war ich angespannt, doch sie alle, Litfaß – Molitor – Zipper – Hauff, sie ließen mich kalt. Erst an der Grillgasse blickte ich erstmals irritiert auf, doch: falsche Assoziation an der falschen Station, dachte ich gleich darauf. Die überfüllte Straßenbahn hatte schließlich fünf weitere sinnlose Stationen meines Lebens verlassen, ohne dass ich irgendetwas wahrnahm, weder mit meinen Augen, noch mit meinem geschulten Bauchgefühl.

Doch dann, am Zentralfriedhof gegenüber dem Krematorium erfasste mich plötzlich eine unheilvolle Kraft, brennende Augen und ein brennender Schmerz, der sich über meine gesamte Haut von Kopf bis Fuß zog. Ich schrie auf und krümmte mich schmerzverzerrt auf meinem engen Sitzplatz. An der nächsten Haltestelle verließen überraschend viele den Wagen. Doch die unheilvolle Kraft hielt mich auf meinem Platz fest. Als die Straßenbahn wieder anfuhr, verspürte ich nur noch diesen ekelhaften Gestank verbrannter Haare in meinen Gedanken.

Die Hitze in der Straßenbahn war kaum auszuhalten. Ebenso der neben mir sitzende Fettleibige mit seinem Schweißgestank, der endlich als letzter den Straßenbahnwagen verließ. Am Ende der Simmeringer Hauptstraße am vierten Tor des Zentralfriedhofs stieg ich mit der größten Genugtuung aus, die ich je in meinem Leben verspürt habe: 426!

Zwischen den hellen Gemeindebauten mit den fahlen Fassaden war das alte verfallene Haus mit seiner Andersheit nicht zu übersehen. Die mächtigen knorrigen Eichen bedeckten den Garten bei strahlendem Sonnenschein mit einem düsteren Schatten. Die Veranda, wenn man den Bretterhaufen noch als solche bezeichnen konnte, lag im Dunkel des knorrigen Schattens und die verschlossene Tür strahlte eine bedrohliche Ablehnung aus. Die dunklen Schindeln an den hölzernen Wänden schimmerten blutrot. Und das verformte Dach, es erstreckt sich zwischen den knorrigen Eichen verwunden empor – wie eine grelle Flamme.

Ich wusste instinktiv, dass ich Geduld haben musste, obwohl ich es kaum ertragen konnte. Diese verdammte Hitze, kaum auszuhalten. Im Café vis-à-vis war in den nächsten Tagen mein Stammplatz am Fenster, ohne dass es jemanden auffiel. Nicht zuletzt deshalb, weil mich der Ober jeden Tag von neuem mit „Und? San's neich im Viertel?" begrüßte.

Die geduldige Observation gab mir ausreichend Zeit, über die Bedeutung des Zufalls nachzudenken. Nr. 426, vierhundert–sechsundzwanzig – hmm, unbedeutendes Jahr, obwohl: im chinesischen Kalender das Jahr des Feuer-Tigers. Vier und zwei ist sechs. Vielleicht ist sie völlig unbedeutend. Von meinen Recherchen wusste ich, dass die vollständige Bibel in 426 Sprachen vorlag. Ich zog meinen Zettel aus der Jackentasche und überflog die Jahreszahlen – nichts, nicht einmal eine Vier. Vier und zwei und sechs – die magische Zwölf – zwölf Monate, zwölf Apostel – zwölf Stunden hier gesessen.

Obwohl ich den ganzen Tag wachsam ermüdend das verfallene Haus beobachtete, konnte ich nicht eine einzige Veränderung, keine einzige Regung in seinem Inneren feststellen. Und doch, irgendetwas veränderte sich von Tag zu Tag. Ich spürte das, nur konnte ich es nicht erkennen. Diese verdammte Hitze. Am fünften Tag fiel es mir plötzlich auf – der Postkasten. Er war voll, doch – und jetzt wusste ich es – er war jeden Tag anders mit Zeitungen und Papierkram gefüllt.

Ich war mir nun sicher, dass das Haus leer stand und doch etwas in sich barg, etwas das ich schon mein Leben lang suchte. Und heute Nacht würde ich es tun. Diese verdammte Hitze. Ein erstes Donnergrollen versprach mir etwas Abkühlung. Die Simmeringer Hauptstraße lag an diesem heißen Sommerabend menschenleer vor mir. Ich blickte mich nochmals um. Als ich den Zaun mit einem Satz übersprungen hatte, zuckte ein Blitz – und das Haus war für einen Augenblick blutrot und das Dach erglänzte feuerrot. Ein erster Windstoß stieß ein Krächzen in den knorrigen Eichen aus, der mir in die Knochen fuhr. In meiner geübten Art näherte ich mich in schnellen Schritten dem verfallenen Haus. Der einfachste Weg in ein Haus ist die Tür, war mein komplizierter Gedanke. Ein Blitz krachte ins Gebälk, und meine Hand fühlte die kalte Schnalle der ablehnenden Tür. Schweißgebadet drückte ich sie nach unten und – …

Mit dem Knarren der halb geöffneten Tür blies mir schaudernd ein eiskalter Windhauch ins Gesicht. Ein Blitz erleuchtete kurz den Raum. Ich konnte eine dunkle Bibliothek mit wahrlich alten Büchern erkennen. Geblendet durch den Blitz war es dunkler und hinter mir schlug mit einem Donnerschlag die Eingangstür zu. Ein Griff in meine Tasche brachte zum Glück eine Taschenlampe zum Vorschein – ohne Batterien, wie mir gleichzeitig einfiel. „Komm näher", hörte ich plötzlich in meinen Ohren, und ein ohrenbetäubender Donner schlug über mir ein. Der kalte Windhauch öffnete schaurig eine Tür in einen anderen Raum.

„Komm näher", wiederholte die Stimme – und ich betrat den in mattem Flammenlicht dunkel erleuchteten Raum. Entsetzt, nein, mit großer Genugtuung sah ich einen unglaublich alt aussehenden Mann in einem Fotö – Foteuil – Fauteux – in einem großen Sessel. Das Gesicht des Mannes glich einem von Feuer verzerrten Hautfetzen, ebenso der Kopf mit den schütteren roten Haaren. Und in seiner runzeligen Hand hielt er sie: meine Offenbarung, die Rolle, meine Rolle, mein Geheimnis des ewigen Lebens.

„Ich wusste, dass du kommen wirst, aber es zahlt sich nicht aus, dass du sie mir nimmst – du wirst enttäuscht sein." Ich? Enttäuscht sein? Ein Leben lang enttäuscht sein? „Ich habe mein ganzes Leben danach gesucht, notfalls nehme ich sie mir auch mit Gewalt."

Ein Blitz und ein Donner dröhnten sekundengleich in meinen zornigen Augen und Ohren. „Mit der Rolle alleine wirst du nie hinter das Geheimnis kommen", sagte er verächtlich. „Alter Narr, ich weiß mehr als du jemals ahnen könntest. Die Rolle gehört ohnehin mir", fauchte ich zurück. In diesem Moment wusste ich, dass ich die Rolle von ihm niemals freiwillig erhalten würde. „Wirst du mich jetzt töten?", fragte er ohne Regung. „Nein, das Feuer wird das wie bei allen anderen erledigen", hauchte ich.

Mit Gleichmut nahm ich ein altes Buch aus dem Regal neben mir, fasste es geöffnet am Buchrücken und zündete in aller Ruhe einige Seiten an. Es flackerte auf. Ich warf das brennende Buch auf den Boden. Der alte Teppich, er stand, nein er steht mit einem Schlag lichterloh in Flammen. Und der Mann im Fauteuil sitzt wortlos da – er beginnt zu brennen, er brennt, er brennt, bis nur noch die Hand unversehrt übrigbleibt, die verkrampft die Rolle umfasst und im nächsten Augenblick die Rolle fallen lässt. Ein mächtiger Donnerschlag weckt mich auf.

Das Knistern, das Knistern. Die Rolle – sie fällt auf den brennenden Teppich. Sie rollt, sie rollt über den roten Teppich, direkt auf mich zu, ohne auch nur ein einziges Mal das Feuer zu berühren. Ich packe zu.

Ich stürze aus dem Zimmer, aus der Bibliothek ins Freie, der strömende Regen prasselt in mein Gesicht. Doch das verfallene Haus, die Veranda, das flammende Dach – es steht lichterloh in Flammen. Ohne mich umzudrehen springe ich mit einem Satz über den Zaun. Ich habe sie, ich habe sie in meiner Hand, die Rolle, meine Rolle, mein Geheimnis des ewigen Lebens...

Diese Nacht, diese Nacht zu Hause – ich erinnere mich nicht. Die Rolle – ich erinnere mich nicht – oh doch, ich habe sie gehalten, umarmt, gerochen. Ich habe dennoch nicht gewagt, sie zu öffnen. Mein Geheimnis so nah bei mir. Ich musste meine Gedanken ordnen. Sim-me-rin-ger Haupt-stra-ße 4-2-6. Gott welch ein Schwachsinn, welch eine sinnlose Botschaft! Die magische 12 – ich weiß, ich weiß, man nennt sie die große kosmische Zahl in China und in Babylon, und die 12 Stämme Israels, und – verdammt noch mal – was weiß ich, was nicht noch alles. Noch einmal durchsuchte ich die Liste auf meinem Zettel. Es waren verdammt noch mal 11 in diesen drei Jahrzehnten, elf Tote, die für mich im Fegefeuer schmorten – wie ich sie hasste. Ermüdet legte ich die Rolle schließlich auf mein Nachtkastel.

Schweißgebadet wachte ich morgens auf. Es war heiß, es war verdammt heiß. Ich sprang auf und stürzte zum Briefkasten – die Morgenzeitung. Mit schweißnassen Fingern blätterte ich Seite um Seite, ohne sie zu lesen. Nochmals von vorne, diesmal auch das Kleingedruckte. Nichts, kein einziges Wort von der Simmeringer Hauptstraße. Nachdem ich einige Minuten panisch durch das Haus lief, im Radio nichts, im Fernsehen nichts – da im chaotischen Schlafzimmer, da auf dem Nachtkastel – nichts!

Benommen, in dieser verdammten Hitze, in der Straßenbahn mit diesen ewig langen Stationen vorbei am Zentralfriedhof. Ein unangenehmer Geruch weckte mich aus meiner Agonie. Ich roch –

an mir. Ich war es, der so übelriechend stank. Mein Gott, wie lange hatte ich mich nicht mehr gewaschen. An der nächsten Station stiegen überraschend viele Leute aus.

An der letzten Station stieg, nein steige ich aus. In Trance durchlebe ich die traumatischen Ereignisse des Vortages – waren diese überhaupt Realität? In Panik renne ich zu dem verfallenen Haus. Die Straße ist voll mit Menschen, mir ist es egal. Mit einem Satz springe ich über den Zaun und stürze in das Haus. „Gib mir MEINE Rolle!" Doch nichts. Die Bibliothek ist unverändert mit ihren alten schäbigen Büchern des Altertums. Keine Spuren meines brennenden Zornes.

Doch im nächsten Raum, auf dem Teppich liegt sie – umklammert von einer angebrannten Hand. In Panik packe ich die Rolle und stürze in die herankommende Straßenbahn. Erst da merke ich, dass die verbrannte Hand noch die Rolle umklammert. An der nächsten Station steigen überraschend viele Leute aus. Diese verdammte Hitze.

Ich bin zu Hause, ich bin endlich am Ziel. Oder genauer, ich wäre am Ziel, wenn da nicht diese verdammte Hand die Rolle umschlösse. Mit einer Kraft, die ich auch mit meiner Säge nicht von meiner Rolle trennen kann, einer Kraft, die nicht von dieser Welt zu sein scheint. Sekunden werden zu Stunden. Und wie ewig mir diese Stunden in dieser Machtlosigkeit bis zum Abend erscheinen. Diese verdammte Hitze. Ein Donnergrollen, ein Blitz, diese verdammte Sicherung. Im Finstern greife ich nach meinem Feuerzeug und zünde eine der vielen Kerzen in meiner Wohnung an. Ich starre auf die Rolle. Zu finster, noch eine Kerze, und dann eine weitere Kerze. Diese verdammte Hand. Das Geheimnis des ewigen Lebens in dieser Hand. Mein Zorn steigt wieder in mir hoch.

Ich nehme die Kerze und halte sie unter die grässliche Hand, die mein Geheimnis umklammert. Die Hand beginnt langsam zu knistern, blutroter Schleim tropft zu Boden. Mein Geheimnis, ich halte es in meiner linken Hand, und mit der Kerze in der rechten Hand würde ich diese Hand, die nicht von dieser Welt war und die mein Geheimnis bewahrte, endlich freigeben. Diese verdammte Hitze. Nr. 426. Plötzlich schießt mir die Liste des Fegefeuers in den Sinn – es waren 4 im ersten Jahrzehnt, 2 im zweiten Jahrzehnt und – 5 im dritten … In diesem Augenblick erfasst die Flamme die Rolle, lichterloh, mein Geheimnis in Flammen und meine linke Hand – sie ist plötzlich fest mit meinem Geheimnis, mit der Rolle verbunden. Ich schreie mit brennendem Schmerz. Die Rolle in meiner Hand, das Geheimnis des ewigen Lebens in Flammen. Benommen sinke ich zu Boden …

Das Knistern weckt mich erneut und ein erstes schmerzhaftes Flackern gibt mir in der Dunkelheit das Licht, das den endlosen Zustand endlich zu Ende bringen und Gewissheit über die Ewigkeit bringen würde. Und ich weiß, dass ich hier nicht mehr lange Zeit habe, um ewig Zeit zu haben. Und jetzt, jetzt werde ich es erfahren … Die Flammen haben meinen Körper erfasst. Er brennt. Ich brenne. Nur noch die Hände. Mit letzter Kraft ziehe ich das uralte Pergament aus der Rolle – jetzt sehe ich es mit meinen brennenden Augen.

„Die Flammen, sie können der Rolle nichts anhaben." Ich höre die Stimme, ich sehe ihn durch die Flammen: „Simon, du?" „Die Flammen können auch dem Pergament nichts anhaben. Du bist es, der brennt – 426 – du selbst bist der 6. im dritten Jahrzehnt. Dir ist wahrlich der Zufall bestimmt. Du suchst das Geheimnis des ewigen Lebens. Und der erste Mensch, den du darauf ansprichst, hat die Rolle. Und du mit deiner Arroganz hast es nicht gemerkt." „Und warum 1980?" „Zusammengezählt 18, haa! 6 mal 3 Jahrzehnte, 666 – mystisch – und doch alles Zufall. Du wirst im Fegefeuer schmoren, solange ich lebe. Und das wird lange dauern…"

Den jämmerlichen Schrei unendlicher Schmerzen in den Flammen hört er nicht mehr. Ohne sich umzudrehen springt der alte Mann mit einem Satz über den Zaun.

In den Tageszeitungen des nächsten Tages wird die Meldung keine Beachtung finden: *„Gestern Abend kam es aus ungeklärten Ursachen in einem leerstehenden Haus in der Simmeringer Hauptstraße zu einem Brand, der erst nach Stunden gelöscht werden konnte."*

Unbeachtet wird auch die Kurzmeldung auf Seite 12 bleiben: *„Gestern Abend wurde der bekannte Archäologe Simon Hevithal für seine langjährigen Verdienste um die Wissenschaft der frühgeschichtlichen Kryptologie im Wiener Rathaus geehrt. Auf seine Rüstigkeit und Agilität im hohen Alter angesprochen meinte der Archäologe lächelnd: „Simon, Nomen est Omen, Hevithal – ewig vital."*

3. Buch

Ewig

von

Harry T. (Kultautor)

und Joe B. (Schreiberling)

(2011)

Vorwort

Die Sonne schimmert trübe durch die dünne Wolkendecke. Die grünen Wiesen vis-à-vis auf den Berghängen lassen meine Seele ungetrübt baumeln. Und der laue Sommerwind gleitet vorüber mit einem unbefangenen Duft von Gelassenheit und Freiheit. Eine innere Ruhe ruht im Thale – und in mir.

Und doch! Ich bin aufgeregt, erwartungsvoll. Ich spüre, dass ich es wieder tun muss. Und Sie wissen, dass ich Sie wieder fragen werde, ob Sie es nun schon selber versucht haben. Wie bitte? Sie haben inzwischen schon den dritten Wälzer mit großem Erfolg veröffentlicht!? Nun gut, aber andere werden die unendliche Mühsamkeit verspürt und aufgegeben haben. Ich aber: ich mache weiter, trotz aller Widrigkeiten und Zweifel – meiner breiten Leserschaft. Mein drittes Buch wartet auf Euch!

Mein Erstlingswerk „Der 'chattenmann" (2009, 3 Seiten) und mein grandioser zweiter Band „Fegefeuer" (2010, 12 Seiten) zeigen inzwischen Wirkung. Der Sammelband hat zwar selbst im Brixener Lesekreis eher kleine Kreise gezogen. Das Kopfschütteln der Eingeweihten ist aber inzwischen Bewunderung gewichen: „Bravo Harry!", höre ich, „Dass du dennoch weitermachst!" Wenn die wüssten ...

Es ist nun wieder ein Jahr verstrichen. Ein Jahr, nicht schneller und schneller, nein: langsam, geheimnisvoll, gedankenschwer, man könnte auch sagen: verschlafen. Meine phantasievollen Eingebungen haben über Monate hinweg zu einem regen E-Mail-Kontakt zwischen meinem Schreiberling und mir geführt, den ich hier in voller Länge wiedergeben möchte:

At 06-12-2010 Joe B. wrote:
„ Und? "

At 06-02-2011 Harry T. wrote:
"Naja."

Und dann eines Tages im verregneten März! Eine Eingebung, die meine literarisch verkümmerten Synapsen in einem Feuerwerk empor schießen ließen. Euphorisch schilderte ich meinem Schreiberling mein geniales Konzept für das 3. Buch in voller Länge: „Blabla, du weißt schon, das, was ich nicht sagen darf … nein, nicht das mit der Rolle – jetzt schreib mal das Wort ‚Kamera' auf und vielleicht noch ‚etc.' dazu." Mein Schreiberling notierte eifrig meine Ideen auf einem A-Vier-Blatt. Und meinte dann lethargisch, dass wir mit der einen Zeile voll Stichworten diesmal durchaus eine Seite schaffen könnten – bei entsprechender Wahl der Schriftgröße, wie er wieder motivierend anmerkte. Doch meine Ideen reiften im Frühling. Obwohl wir den Zettel verloren hatten und die Erinnerungen an das Erarbeitete unscharf wurden, stimmte mich das brainstormingmäßige Auf-der-Stelle-Treten mit dem aufkommenden kühlen und verregneten Sommer positiv.

Ich weiß, Sie denken wie immer: „Lächerlich – was will der überhaupt?" Wenden Sie sich gerne kopfschüttelnd ab und ignorieren Sie die Abgründe auf den nächsten Seiten. Oder leiden Sie mit uns. Das 3. Buch wird Sie fesseln (wir sorgen ohne Handschellen dafür – ein Strick tut's auch). Sie werden die Bilder nicht mehr aus Ihrem photographischen Gedächtnis streichen können…

Ihr Harry T.
Brixen/Wien, 2011

p.s.

Meinem Schreiberling Joe B., der nach den bisher erlebten Rückmeldungen des Brixener Lesekreises zu meinen ersten beiden Bänden noch länger anonym bleiben möchte, danke ich wieder für seine Kraft und Beharrlichkeit, dass er beinahe paradox stilistisch textierend unverständliche Gedanken in verständlich Unlesbares verwandelt hat. Plagiarismusprohibitiv soll ich hier noch wikipedia.de, planet-wissen.de und media-culture-online.de anmerken – keine Ahnung, was er da will.

Der Naschmarkt war bis zum Bersten mit Menschen gefüllt. Der untere Teil des Naschmarktes war in den letzten Jahren zu einem gastronomischen Fast Food verkommen. Alleine das Wort „Fast" war mir da von Grund auf schon unsympathisch. Nur ein schmaler Gehweg zwischen den wackeligen Stühlen blieb mittlerweile für diejenigen, die nur auf der Durchreise durch diesen Teil des Naschmarktes waren. Ich drängte mich angewidert zwischen den verschwitzten Leibern hindurch.

Wie jeden Samstag zog es mich an den oberen Teil des Naschmarktes, dort wo er nahtlos in einen Flohmarkt überging. Erleichtert erreichte ich die ersten Stände. In aufkommend guter Stimmung schlenderte ich vorbei an den Stofffetzen und überhörte die Wortfetzen, die mir die Marketender zuriefen. An den nächsten Ständen wurde es ruhiger, ja ernsthafter. Der Flohmarkt hatte hier den Charakter eines Antiquitätenmarktes. Es war jener Teil, der mich faszinierte. Ich hielt inne, atmete tief durch und tauchte wie jeden Samstag ein: da ein Clinometer Krängungsmesser, Schiffsuhren, mechanische Kugeluhren, da eine Sturmlaterne, ein Kompass, selbst ein Jakobsstab und ein golden glänzender Sextant – konnte ich jedenfalls auf den kleinen Kärtchen lesen. Selber hatte ich ja keine Ahnung von Nautik, noch dazu aus den vorigen Jahrhunderten. Und hier noch ein Chronometer. „1759 John Harrison" stand da eingraviert. Der Verkäufer, den ich wie alle hier gut kannte, lächelt verschmitzt: „Greifen Sie zu – echt originale – … – Nachbauten." Seine Ehrlichkeit freute mich. Ich nickte nur freundlich. Ich hatte noch nie ein Wort mit ihm gewechselt. Ich ging ein paar Schritte weiter, zückte aber im Umdrehen meine Digitalkamera und drückte wie immer ab.

Das musste ich tun. Es dürfte wohl von meiner Tätigkeit beim Tatort stammen, bevor ich ins Ausgedinge, das interne Büro des Kriminalamts, wechselte. Ich musste jahrelang jedes kleine Detail am Tatort aufnehmen, die eingeschlagene Scheibe, das fehlende Bild und ebenso die Blutlache, die Leiche und das Messer, das noch in dem verkrümmten Leib am Boden steckte. Ich schreckte aus meinen Gedanken auf und steckte die Kamera wieder in meine Jackentasche.

Vor den Ständen bildeten sich kleine Menschentrauben, die mir die Sicht auf die Wertgegenstände mit und ohne realen Wert verwehrten. Gerade als ich ratlos weiterschlendern wollte, fiel mir in dem Gewühl – plötzlich und beinahe elektrisierend – ein kleiner Marktstand auf. Auffallend war, dass in diesem Menschengewühl niemand von ihm Notiz zu nehmen schien.

Ich wartete eine Zeit lang. Niemand wandte sich an ihn, obwohl er doch für mich Artefakte von außergewöhnlicher Herkunft und besonderem Wert anzubieten schien, wie ich schon aus der Entfernung erkennen konnte. Der Mann machte auch keine Anstalten, mit dem üblichen Geschrei die Leute anzulocken. Fast im Gegenteil – er schien von seinen angebotenen Waren selbst fasziniert zu sein und war fast liebevoll vertieft.

Ich zückte meine Digitalkamera und blätterte am Display die Bilder aus der Vorwoche durch – eindeutig, mein photographisches Gedächtnis hatte sich nicht geirrt: Er war mit Sicherheit noch nie da. Ich schritt näher, ohne ihn einmal aus den Augen zu lassen. Der Mann hinter dem Tisch wirkte gedrungen, klein. Auf seiner runden Nase ruhte eine Nickelbrille. Bemerkenswert sein Gewand, das eher an das vorige Jahrhundert oder einen Magier auf einem Jahrmarkt erinnerte.

Ohne auf die Menschen um mich zu achten und ohne den Mann zu beachten, der „Hey, Deppada, stess an aundern, sunst ...“ zischte, schwebte ich näher. Das Gemurmel des Gedränges ist mit einem Male weg – es ist, als ob die Ton-Aus-Taste bei einem spannenden Film gedrückt worden wäre. Nach einer ewig langen Zeit – Minuten? Oder waren es doch Sekunden? – sprach mich der gedrungene Mann aus der Ferne an – mit einer unglaublich sanften Stimme, die mich in dieser Art überraschte. Die Aussprache erinnerte mich an etwas Aristokratisches, hatte aber überhaupt nichts Arrogantes oder Überhebliches an sich.

„Sie haben ein Gespür und einen Blick für das Außergewöhnliche!" Ich war nicht geschmeichelt, sondern gefesselt, und fühlte mich wie ein Kind, das zum ersten Mal vor dem Weihnachtsbaum steht. „Worin liegt Ihre Leidenschaft?" Ich griff wie immer in solchen Momenten zu meiner Kamera. „Ah, ich verstehe." Er machte eine einladend ausladende Handbewegung über seinen Tisch. „Sie finden hier alles, was Ihr Herz begehrt und mein Herz berührt." Er sah mich auffordernd an, ich senkte meinen Blick auf das Dargebotene. Er folgte meinem Streifzug über seinen Tisch, indem er mich fixierte – wie mir später einfiel.

Ein gezeichnetes Bild einer Camera Obscura, rechts unten mit LdV markiert. Erste Bilder der Brüder „… Niépce, nur Kopien jener von 1816", merkte er an. Eine Linsenkamera – „1826, wunderbare Nachbauten." Louis Jaques Monde „… Daguerre, 1839", setzte er fort, „angeblich der Beginn der Photographie, wie man allgemein glaubt." Ich war aufgewühlt. Es war wie eine Zeittafel der Photographie mit detailgetreuen Nachbauten, wie ich sie noch nie gesehen habe. Am Ende des Tisches standen noch kleine Fläschchen – „Silbernitrat, Ammoniak, Sie verstehen, …, Fixierflüssigkeit, John Herschell, 1839." – „Zelluloid 1887, …, 1907 Brüder Lumieres…" Mir schwirrte der Kopf. Ich kannte das alles, von den hunderten Webseiten, die mir schon tausende male die alten faszinierenden Apparate der Photographie vor Augen geführt hatten und mit Foto immer noch mit „Ph" schreiben ließen.

„Ich sehe, Sie werden auch das zu schätzen wissen." Der verschlossene Mann zog eine kunstvoll bearbeitete, kleine Truhe unter dem Tisch hervor. Mit einem kleinen, wunderschön verzierten Schlüssel sperrte er das Schloss auf. Es war eher wie eine Zelebration, wie er den Schlüssel gefühlvoll umdrehte. Er beobachtete mich bei jeder seiner Bewegungen.

Langsam und bedächtig hob er den Deckel an und ein Gegenstand, noch eingewickelt in einem purpurroten Tuch, kam zum Vorschein. Vorsichtig nahm er das Tuch beiseite. Vor mir lag ein auf den ersten Blick gewöhnlicher Photoapparat. Ich jedoch hatte noch nie ein derart außergewöhnliches Gerät gesehen. Es musste aus den Anfängen der Zelluloidfilme stammen. Ein solides Gehäuse ohne Schnörksel, eine Blende mit einer mir nicht bekannten Brennweite und Lichtstärke.

„Leoca!", sagt der Mann. „Leica!", meinte ich, und meinte die wohl bekannteste Kamera. „Leoca", wiederholte der Mann und zeigte auf das kleine goldene Schildchen am Gehäuse. „Sie können diese Kamera gerne erstehen." Ich wäre ein Sammler aller nur erdenklichen Photoapparate, aber mit meinem kleinen Gehalt eines Kriminalbeamten sammelte ich bisher nur meine eigenen alten Kameras. „151,90 Euro, Sie wissen, immer diese 90 Cent hinten dran." Mir war nicht zum Herunterhandeln zumute. Ohne auch nur einen Augenblick zu überlegen kramte ich in meiner Geldbörse die Scheine und Münzen zusammen, 152 Euro. Er drängte darauf, mir die 10 Cent Restgeld zurückzugeben.

Als ich mich abwandte, rief er mir noch zu: „Bewahren Sie sie gut auf, Sie werden Freude damit haben, wenn Sie sie ansehen." Ich nickte. „Doch" – er hielt kurz inne – „doch machen Sie niemals ein homosapientes Photo mit ihr!" Ich lächelte, zog meine Digitalkamera aus der Jackentasche und nickte auf die Kamera zeigend. „Mit dieser geht es ohnehin besser", dachte ich mir. Außerdem hatte ich nicht ganz verstanden, was er meinte.

Ich stand wie angewurzelt am oberen Ende des Naschmarktes und versuchte, nochmals alles zu rekapitulieren, um kein Detail zu vergessen. Leica, Leica – Leoca, ich war mir sicher, dass ich das noch nie gehört habe. Da fiel mir ein, dass ich mir ja letzte Woche ein neues geniales Smartphone gekauft hatte, das alles bot, was ich benötigte. Ich zückte das Smartphone behände aus meiner Innentasche und startete das Google-Icon auf meiner Startseite. Mit flinken Fingern tippte ich „Photoapparat" in die Suchleiste – oder genauer „phjotiappsraz". Nach dem sechsten Versuch in der beschissenen Eingabeleiste fiel mir ein, dass ich ja zu Hause ein sechzehnbändiges Lexikon hätte, in dem ich mit flinken Fingern behände blätternd nach Leoca suchen würde.

Zu Hause angekommen breitete ich nochmals das rote Tuch auf und begutachtete die Kamera mit dem gewohnten Blick eines detailgenauen Kriminalbeamten. Ich konnte nichts weiter entdecken, war jedoch zufrieden mit meinem ersten antiquarischen Kauf. Beinahe hätte ich Gewissensbisse bekommen, dass ich dieses Schmuckstück um ein Vielfaches unter dem tatsächlichen Wert gekauft hatte. In der Glasvitrine war neben meinen fünf alten Kameras genau ein Platz frei für die „neue".

Der nächste Samstag führt mich wieder vorbei am unteren Naschmarkt, drängend zum oberen Naschmarkt. Diesmal auch vorbei am Nautik-Stand, gleich zu jener Stelle, die mir aus der Vorwoche derart eindrucksvoll in Erinnerung geblieben war. Enttäuscht blieb ich vor der gewohnten Abfolge der Stände stehen. Ich drehte mich suchend im Kreis, von den Photogeräten jedoch keine Spur. Allerdings fiel mir in diesem Moment der schäbige Typ auf, der mit einem Rempler einem fetten Kerl offensichtlich die Geldtasche aus der Tasche zog. Skrupellos ein paar Meter weiter der gleiche Trick. In meiner Freizeit war mir das egal, sollten sich doch die Kollegen darum kümmern. Mit einem mageren Rest von Berufsethos zückte ich das Smartphone behände aus meiner Innentasche, klickte geschickt auf das Telefon-Symbol, dann Kontakte, als mir vor der leeren Liste einfiel, dass ich ja den beschissenen Adress-Import von meinem alten Handy noch immer nicht zustande gebracht hatte. Die Nummer meiner Dienststelle fiel mir natürlich nicht ein.

Ich pfiff auf das Berufsethos und presste mich durch das Menschengewühl in Richtung Ende des Naschmarktes, dort wo ein Amt auch an Samstagen geöffnet hatte. Nachdem ich mich am

Marktamt bei den armseligen Beamten ohne Befugnisse bis zur Registrierungsstelle durchgefragt hatte, traf ich endlich einen zuständigen, armseligen, zugleich extrem unfreundlichen Beamten. Er erklärte mir lang und breit, dass ich alle Marktregeln beim Kauf und Verkauf beachten müsste und … Ich unterbrach ihn und erklärte ihm, dass ich die Registrierungsliste der Vorwo… Er unterbrach mich wiederum und erklärte mir, dass niemand Einsicht in die Liste … Ich unterbrach ihn wiederum und überzeugte ihn mit meinem Dienstausweis. Also ging ich die Registrierungsliste in meiner Freizeit quasi dienstlich von oben bis unten durch. Es waren alle Personen und Firmen, die ich wahrlich gut kannte, penibel genau mit Datum, Uhrzeit und Nummer des Standes angeführt. Der scheinbar chaotische Naschmarkt am Samstag war hier wohl geordnet festgehalten. Zu meiner Enttäuschung, nein, mit zunehmender Neugier konnte ich den gesuchten Stand meiner Leidenschaft nicht finden. Auf die Frage, ob tatsächlich alle Marktfahrer aufgezeichnet werden, murrte der Beamte mürrisch „Nau waunn de de Standl untaranaunda weidaverhöckern, haummas nona net." Eine solche Vorgangsweise war mir bei der vornehmen Haltung des Photo-Antiquariateurs nicht vorstellbar.

Die nächsten Wochen vergingen. Im Büro musste ich wie immer die für alle anderen langweiligen Fälle behandeln. Angeblich wurden vermehrt Taschendiebstähle am Naschmarkt festgestellt. Ich arbeitete mich mit dem gewohnten Eifer tagelang durch den Akt und führte die Vernehmungen durch. „Ah, dann hat Sie der Kerl angerempelt und dann war ihre Geldbörse weg…", wiederholte ich tippend die Aussage eines fetten Kerls. Ich hatte ja alles gesehen – ob auch er meinen Verkäufer gesehen hatte? Ich wagte ihn nicht zu fragen ...

In meinen langen Mittagspausen im nahe gelegenen Gasthaus lernte ich mit zunehmender Wut die beschissenen Bedienungsfunktionen meines wunderbaren, neuen Smartphones – mit meinen zwar flinken, jedoch globigen Fingern. An diesem Tag, es war der 28. Februar 2011, fiel mir auf, dass da ein Camera-Icon offensichtlich das Handy in eine schlechte Kamera verwandelte. Mit dem quergelegten Handy vor meinen Augen hielt ich plötzlich angewurzelt inne. In Gedanken versinkend fiel mir der Magier mit seiner, nein mit meiner Kamera ein. Wie konnte ich darauf vergessen? Sekunden später – oder waren es Minuten? – hörte ich den Kellner „Woins zoin?" raunzen und blickte, noch mit dem Handy vor den Augen, zum Kellner durch die Kamera blickend auf. „Aa neich 'kauft den Schaas", hörte ich und war eigentlich seiner Meinung. Ich zahlte, ließ den Nachmittag im Büro mit „Außenrecherchen" sausen und sauste nach Hause.

Ich war so fasziniert von der äußeren Technik des Photoapparates, dass ich ganz auf das Innere vergessen hatte. Vorsichtig nahm ich das Gerät aus der Glasvitrine. Ich legte es unter meine Schreibtischlampe und drehte es in alle Richtungen. Es war keine Klarsichtscheibe zu erkennen, die wie bei allen späteren Kameras anzeigt, ob ein Film eingelegt ist. Aber in einer winzigen Ausnehmung war deutlich eine römische VIII zu erkennen. Nach meiner Erinnerung aus der Kindheit gab es Filme mit 12, 24 und 36 Photos – und Kameras, die hinten die Nummer des aktuellen Photos anzeigten. Und wenn die Acht gar kein Zähler war? Und warum sollte in einer alten Kamera noch ein Film eingelegt sein? Die Neugier quälte mich. Der elegante Bügel zum Öffnen der rückseitigen Platte starrte mich an. Ein kleines Zimmer in meiner Wohnung verwendete ich früher als Photolabor – um Geld zu sparen und das Ergebnis meiner Photoabenteuer schneller in Händen zu haben. Heute ist es eine Gerümpelkammer mit kaputten Jalousien. Und wenn dann ein Film eingelegt ist und ich es versaue? Andererseits würde der Film doch ohnehin schon seit langer Zeit vergilbt und unbrauchbar sein. Ich konnte mich nicht entscheiden …

In den nächsten Tagen habe ich meine Digitalkamera erstmals nach Jahren wieder zu Hause gelassen und die obskure Leoca immer fest bei mir getragen. Sie passte gerade noch in meine Außentasche der Jacke. Und für photographische Notfälle hatte ich ja noch immer meine flinke Smartphone-Camera dabei. Ich konnte den nächsten Samstag schon nicht mehr erwarten. Mit der ersten U-Bahn fuhr ich zur Station Karlsplatz und beeilte mich zur Wienzeile. Es gab doch eine Uhrzeit, wo am Naschmarkt noch nichts los war. Ich setzte mich auf einen wackeligen Stuhl im letzten Café vor dem Flohmarkt. Ich übersah den sich nur langsam füllenden Flohmarkt und hatte Zeit, über die Herkunft der Kamera zu recherchieren und nachzudenken.

Zum x-ten Male zückte ich behände mein neues Smartphone aus der Innentasche. Mit flinken Fingern startete ich wieder das Google-Icon und tippte „Leoca". Erst als die Ergebnisse vor mir auf dem kleinen Display angezeigt wurden, fiel mir auf, dass ich mich nicht vertippt hatte. Ich sprang auf und jubelte, setzte mich aber gleich darauf wieder nieder, als mich alle anstarrten. Ich überflog die Suchergebnisse – mit einer Lupe in der Hand, da ich die beschissene Zoom-Funktion noch nicht zustande brachte. Zu meiner Enttäuschung fand ich zwar Eintragungen zu Leoca, jedoch nur Schwachsinn. Nichts von Photographie, nichts über alte oder neue Photogeräte.

Der ganze Samstag am Naschmarkt, es war der 5. März 2011, brachte mich nicht weiter. Ich wusste auch nicht genau, wonach ich suchen sollte. Immerhin hatte ich am Handy irrtümlich die GPS-Funktion gestartet und wusste nun am Abend, dass ich noch immer in dem Café am Naschmarkt saß, wie mir ein roter Punkt auf einer Karte grandios anzeigte.

Ein fettleibiger Mann, er musste mindestens 120 Kilo wiegen, fragte, ob er auf meinem Tisch Platz nehmen könnte. Er schwitzte wie ein Schwein und starrte mit seinem versoffenen, glatzköpfigen Gesicht aufdringlich auf mich. Jedoch versagte meine Stimme bei dem scheußlich Anblick, so dass ich mein gefühltes „Geh scheißen!" nicht herausbrachte. Er verstand mein Gehabe als Einladung und setzte sich unaufgefordert an meinen Tisch. Ich rief den Kellner, um zu zahlen.

Der Fette zog eine dicke Zigarre hervor und sagte fast keuchend „Stört wohl eh nicht!" Wieder versagte meine Stimme und so verhallte mein „Geh scheißen mit deiner Oasch-Zigarren" ungehört in meinen Gedanken. Die heruntergekommene Gestalt mit ihrem schäbigen Anzug und den Turnschuhen ohne Schnürriemen widerte mich an. Zum Überdruss der stinkenden Zigarre öffnete er auch noch seinen übel riechenden Mund und labberte mich sabbernd an. Ich hörte überhaupt nicht zu. Die Kamera in meiner Jackentasche drückte an meine Hüfte. Ich zog sie mühsam aus meiner Tasche und legte sie auf den Tisch und meine Hand auf die Kamera. „Ist ja eine tolle Kamera, die muss ja fast unbezahlbar sein in diesem tollen Zustand." Ich starrte abweisend angewidert auf den Flohmarkt. „Diese kongruenten Züge, dieser konstruktivistische Ansatz – perfekt!" Erst jetzt schaute ich ob seiner Wortwahl überrascht auf. Er griff zur Kamera und ich hob meine Hand und ließ sie zu meiner Überraschung los. „Und dieses an Sfumato-Technik erinnernde Dekor des Gehäuses." Ich wurde neugierig. „Sie müssen verstehen, ich bin Kunstsachverständiger", er hielt inne, „oder besser war es – bis mir dieses … zusetzte – Burnout, Sie verstehen." Er wollte offensichtlich nicht darüber reden und wechselt das Thema wieder zurück: „Und haben Sie schon versucht, einen Film einzulegen und ein Photo zu machen?" „Noch nicht wirklich, mit dem Film in der Kamera…" ist es so eine Sache, wollte ich fortsetzen. Für einen kurzen Augenblick erinnerte ich mich an den Satz meines Verkäufers, keine Photos zu machen. Oder wie war das genau? Keine homosexuellen? Homoerrektale? Ich lachte kurz auf. Er lächelte ebenfalls.

„Na kommen Sie", sagte er, „nehmen Sie mich als Motiv – das ist wahre Realität!" Irgendwas mit „sapiens" fiel mir noch ein. Da hatte ich schon die Kamera vor meinem Auge – und drückte ab! „Sie werden sehen, diese Photos haben ein besonderes Flair", sagte der Kunstexperte. Ich war geistig abwesend. Schweißgebadet drückte ich den Hebel, der den Film normalerweise manuell weiterspult, nach rechts und starrte auf die Ausnehmung mit der

Nummer – IX! Ich war euphorisch. Es war zwar nicht sicher, dass ein Film eingelegt war, aber die Neun war am Zähler eindeutig zu erkennen. In diesem Augenblick fiel es mir wieder ein: „Homosapiente Photos" sollte ich keinesfalls machen. Offensichtlich meinte mein Verkäufer Portrait-Photos, vielleicht sogar allgemein Photos von Menschen – welch ein Schwachsinn.

Noch einmal griff der photographisch gebildete Mann zu meiner Kamera, drehte sie herum und starrte im nächsten Augenblick auf das goldene Label. „Leoca", sagte er mit einer kaum hörbaren Stimme. Er legte die Kamera vorsichtig zu mir herüber und wandte sich mit gesenktem Blick den Spaghetti zu, die eben hingestellt wurden. Ich überlegte, holte seufzend Luft und setzte zu einer Frage an: „Sie sagten Leo…" Plötzlich quollen die Spaghetti aus dem Mund des Experten. Er starrte mich mit aufgerissenen Augen an. Im nächsten Augenblick sackte er nach vorne und schlug mit seinem Kopf am Tisch auf, genauer: mitten in den Spaghetti-Teller. Ich sprang vor Entsetzen auf. Er zuckte noch einmal am ganzen Körper, hob sein verzerrtes Gesicht voll blutroter Bolognese. Und sackte dann mit einem letzten Ächzen noch einmal zusammen. Sein schwerer Kopf zertrümmerte den Teller. Ich sah mich um. Nur der Kellner drinnen im Lokal war zu sehen, vor der Kasse über seiner Abrechnung vertieft.

Ich packte überhastet meine Kamera, ließ den armen Kerl liegen und machte mich davon. Gezahlt hatte ich ja, und die genaueren Fragen meiner Kollegen mochte ich mir lieber ersparen. Keuchend erreichte ich das untere Ende des Naschmarktes.

Ich war aufgewühlt. Es konnte doch nicht sein, dass diese Kamera tötet. Die Worte meines Verkäufers quälten mich. Gleichzeitig faszinierten sie mich. Ich fuhr nicht mit der U-Bahn, ich lief zu Fuß nach Hause. Ich war besessen von der Idee, mit der Kamera töten zu können. Andererseits, ich konnte doch nicht. Außerdem war es doch irreal, wie ich mir einredete.

Auf dem ewig langen Nachhauseweg zückte ich immer wieder meine Kamera und hielt sie wahllos auf vorübergehende Personen. Irgendwas hielt mich noch ab, ein Photo von ihnen zu machen. Von wem überhaupt? Wen sollte ich auswählen? Knapp vor meinem Haus aus der Jahrhundertwende im 7. Bezirk fiel mir mein Hausmeister ein, den ich zutiefst hasste. Ich blieb vor meinem Haus stehen und, als wäre es ein Geschenk des Himmels, kam er mürrisch aus der Eingangstür auf die Straße. Ich zückte die Kamera. Er blickte argwöhnend, ohne zu grüßen kurz zur mir herüber und machte kehrt. Er drehte mir den Rücken zu und ich drückte gnadenlos ab. Photo Nummer X war „im Kasten".

Ich habe getötet. Ich habe zweimal mit der Kamera getötet! Die ganze Nacht konnte ich kein Auge zumachen. Es quälte mich, waren es Schuldgefühle – oder war es das Irreale? Ich konnte den Morgen kaum erwarten, denn sonntags pünktlich um 7:00 Uhr stahl der Hausmeister immer die Kronenzeitung aus dem Stand am Gehsteig vis-à-vis. 6:55! Ich verharrte regungslos hinter dem Fenster zur Straße und wartete auf sein Nicht-Erscheinen. Eine Ewigkeit verging. 6:58. Ich musste dringend aufs Klo. 6:59. Noch eine Minute. Unten ging inzwischen die Tür auf und der Hausmeister schritt wie immer mit seinem dämlichen, ewig kläffenden Köter über die Straße und holte sich die Kronenzeitung.

Ich sackte zusammen. Ich bildete mir alles nur ein. Ich lief zur Kamera und starrte sie an. Eine morbide Aura der Kamera – ha, wie lächerlich. Ich war zugleich erleichtert und enttäuscht.

Ich nahm mein Smartphone aus meiner Tasche und rief das für den Naschmarkt zuständige Wachzimmer an und erkundigte mich – „aus dienstlichen Gründen" – nach dem gestrigen Vorfall im Naschmarkt-Café. Der Diensthabende merkte gelangweilt an, dass „a Gfü'ter gestan aun Schbagetti daschtickt is." Und in gespielter Schriftsprache ergänzte er: „Der Mann iist eeines natierlichen Todes gestourbän."

Ich packte meine Sachen, steckte die Kamera ein und machte mich auf den Weg in den Prater. Was sollte mich jetzt noch daran hindern? Nur noch zwei Photos, damit ich endlich den Film ausarbeiten konnte. Auf den ausgestreckten Wiesen des Praters spielten Kinder – ein eigenartiges Gefühl hielt mich davon ab, sie zu photographieren. Schwachsinn, sagte ich mir wieder und drückte bei den nächsten beiden vorbeilaufenden Joggern ab, einer mit einer mitlaufenden Dogge. Die Anzeige in der Ausnehmung zeigte XII. Ich zog aufgeregt an dem Hebel. Er blockierte. Der Film musste zu Ende sein.

Ich fuhr gehetzt nach Hause, stürmte in meine Gerümpelkammer und räumte, nein, schleuderte fast zornig das gesamte Gerümpel in das Wohnzimmer. Erst jetzt überkam mich eine unglaubliche Ruhe und Gelassenheit. Ich klebte die Fenster sorgfältig mit schwarzer Folie ab. Sodann holte ich meine Utensilien zur Photoentwicklung aus der untersten Lade hervor. Meine frühere Sorgfalt bewährte sich. Alle notwendigen Entwickler und auch das Photopapier waren noch immer in hervorragender Qualität, wie mir schien.

Ich holte die Kamera aus meiner Außentasche der Jacke und stellte sie ehrfürchtig auf den Tisch. Mit meiner alten Routine verschloss ich die Türe, drehte das Licht ab und schaltete das gedämpfte Rotlicht ein. Oder? Musste das Rotlicht beim Öffnen der Kamera ausgeschaltet sein? Ich wusste es plötzlich nicht mehr. Also blieb es sicherheitshalber stockdunkel. Ich taste nach der Kamera und spürte den Hebel zum Öffnen der Kamera. Jetzt! Ich hörte ein leises Klicken. Ich fühlte den Film. Es gab tatsächlich einen Film in der Kamera! Ich jubilierte. Ich zog den Film aus der Spule und tauchte ihn in das vorbereitete Entwicklerbad. Minutenlang bewegte ich den Film hin und her. Ein eigenartiges Gefühl überkam mich mit dem Kipprhythmus. Ich entleerte das Entwicklerbecken und tastete im Dunkeln nach der nächsten Flasche, füllte das Becken mit dem sauren Unterbrecherbad, danach mit dem Fixierbad und hoffte inständig, dass ich im Finsteren die beiden Flüssigkeiten nicht vertauscht hatte. Nach dem zweimaligen Wassern hängte ich die nun lichtbeständigen Negative zum Trocknen auf. Ich setzte mich im Finsteren auf den Boden. Mein eigenartiges Gefühl verstärkte sich. Ich wusste nicht, ob es Angst war oder etwas ganz anderes. Ich war jedenfalls extrem angespannt und wagte nicht, das Licht anzumachen oder die Tür zu öffnen.

Nach einer ewig langen Zeit schaltete ich das gedämpfte Rotlicht ein und starrte auf die Negative. Ich konnte nur Konturen auf dem Negativstreifen erkennen. Ich nahm die Negative vorsichtig herab, schnitt sie vorsichtig zurecht, steckte sie in den Vergrößerer und machte jeweils einen Photoabzug.

Um ja keinen technischen Fehler bei der Ausarbeitung zu machen, hatte ich bislang keinen Blick auf den Inhalt der Photos gewagt. Als ich nun nach Stunden fertig war, lag ein Stapel Photos, geordnet nach der Reihenfolge am Film vor mir auf dem Tisch. Ich drehte die Tischlampe auf und konzentrierte mich auf das oberste Photo.

Das Photo zeigt das Gesicht einer Person, die mir sofort sehr bekannt vorkam. Das zerfurchte Gesicht, es wirkte wie – ich konnte es nicht sagen. Langsam legte ich das Bild zur Seite und wandte mich dem zweiten Photo zu. Wieder ein Portrait. Diesmal ehrfürchtig stehend ein Mann, das wallende Gewand und die Kopfbedeckung? Wie ein Papst, dachte ich, ein Bild – wie man es auf Gemälde in Museen bewundern kann, sehr realistisch gemalt. Ich blätterte schneller weiter: Portraits, alle offensichtlich aus vorigen Jahrhunderten, einmal eine große Menschenansammlung, aus der Ferne, kaum erkennbar. Die Kamera musste wohl einem Kunstinteressierten gehört haben.

Am neunten Bild wurde ich schlagartig in die Gegenwart zurückgeworfen, mein Kunstexperte vom Naschmarkt. Er lächelte, beinahe sympathisch. 5. 3. 2011. Stimmt, dachte ich. Im nächsten

Augenblick erstarrte ich. Ich hatte bisher gar nicht auf das angezeigte Datum am unteren Rand der Photos geachtet. Es hob sich farblich fast nicht ab, wirkte wie eingraviert. Und es war unglaublich. Was heute jede Kamera mit einem Knopfdruck kann, war doch in früheren Jahren unmöglich.

Aufgeregt begann ich den Photostapel nochmals von vorne durchzublättern. Unter dem zerfurchten Gesicht war eindeutig 2. 5. 1519 zu lesen, am nächsten 1. 12. 1521. Ich blätterte zurück und zückte mein Smartphone – Google. Die beschissene Tastatur zeigte nur Buchstaben, verdammt – ich musste das Datum im vollen Wortlaut in die Eingabeleiste eintippen.

Zwanzig Minuten später hatte ich das zerfurchte Gesicht auf meinem Smartphone: Leonardo da Vinci, 15. April 1452 bis 2. Mai 1519, stand da unter einem Selbstportrait. Die Anmerkung, dass Leonardo 1519 eine detailgenaue Skizze einer Camera Obscura anfertigte, machte mich stutzig.

Beim nächsten Versuch tippte ich irrtümlich auf die ?123-Taste des Smartphones und starrte auf die Ziffern der eingeblendeten Tastatur. In meine aufgewühlte Stimmung mischte sich Genugtuung. Ich tippte rasch das Datum des nächsten Photos: Ein gezielter Fingerklick auf den ersten Link zeigte „Pope Leo X, born Giovanni di Lorenzo de' Medici, wos Pope from 1513 to his death on 1. 12. 1521." Das Datum und das angezeigte Portrait auf der Webseite stimmten mit meinen überein. Mein Portrait am Photo war besser.

Das eigenartige Gefühl kam wieder in mir hoch. Ich stand auf und riss die schwarzen Folien von den Fenstern und die Fenster auf. Ich brauchte Luft.

Pierre-Paul Riquet, 1. 10. 1680, Kanalkonstrukteur, Johann Leopold Hoys, 12. 3. 1797, Hofuhrmacher, dann C. G. Heyne, 14. 7. 1812, F. A. Krupp, 22. 11. 1902. Die meisten sagten mir nichts. Die genaue Übereinstimmung wiederholte sich jedoch mit jedem

Photo. Ich beruhigte mich. An die Angabe des Sterbedatums war man beim Blick auf die vorigen Jahrhunderte, ebenso beim Blick auf Gemälde in Museen doch gewöhnt.

Ich wandte mich dem siebten Photo zu. 28. 6. 1914. Ich legte mein Smartphone ungenützt zur Seite. „Sarajevo", flüsterte ich. Das Photo zeigte Franz Ferdinand mit seiner Frau Sophie. Ich atmete schwer. Das Datum war zweimal eingraviert. Ich las im Lexikon nach, was ich bereits wusste: „… der 19-jährige Schüler Gavrilo Princip tötete am 28. Juni 1914 den Erzherzog und seine Frau mit zwei Pistolenschüssen …" Das Photo zeigte aber offensichtlich die Hochzeit von Franz Ferdinand mit seiner Frau Sophie Gräfin Chotek. Im Hintergrund war in einem mit Blumen gesteckten Bogen das Datum 1. Julei 1900 dargestellt.

Ich konnte all diese Daten nicht mehr ordnen. Mir wurde schwindlig. Ich übergab mich im nächsten Augenblick auf den Schreibtisch und konnte nur mit Mühe im letzten Moment die Photos vom Tisch wischen.

Irgendwann in der Früh wachte ich auf – mit dem Gesicht auf meinen Schreibtisch liegend. Ich duschte ausgiebig und kratzte von meinem Smartphone die ekelige, eingetrocknete Brühe weg. Benommen sammelte ich die Photos auf, ordnete sie in aller Eile und steckte sie zusammen mit meiner schicksalhaften Kamera in meine Jackentasche.

Im Büro eingelangt legte ich das Handy auf meinen Schreibtisch. Das „Heaast, wos stinkt'n do so" meines Kollegen überhörte ich und vertiefte mich wortlos in meine Akten. Zumindest tat ich so – vor mir lag das achte Photo. Es zeigte eine große Menschenmenge – ich konnte jedoch kein Datum erkennen. Der Hintergrund wirkte wie eine große Plane. In der Mitte des Bildes – ich setzte mir meine Brille auf – in der Mitte hob sich etwas erhöht eine Person von der Masse ab. Vielleicht eine kleine Bühne? Ich konnte es nicht erkennen.

Der hereinstürmende Chef des Kriminalamtes schreckte mich auf. Ich sollte doch endlich die Taschendiebstähle am Naschmarkt klären – „Nicht vom Büro aus, sondern dort! Vor Ort! Sie wissen doch, wo der Naschmarkt ist, oder?", merkte er ätzend an und schlug die Tür zu. Ich steckte das Photo in die Tasche und starrte in Gedanken versunken den restlichen Vormittag auf den noch ungeklärten Naschmarkt-Akt.

In der Mittagspause hatte ich mich wieder gefangen und wusste, was ich tun musste. Ich zückte mein Smartphone und tippte eine Stunde lang die Liste der Photos in eine SMS an mich selbst. Ein Gewöhnungseffekt stellte sich ein, bei jeden Buchstaben mehrmals die Löschtaste zu drücken, bis der richtige Buchstabe auf dieser beschissen glatten Tastatur erschien.

I	Leonardo da Vinci 2. 5. 1519
II	Pope Leo X 1. 12. 1521
III	Pierre-Paul Riquet, 1. 10. 1680
IV	Johann Leopold Hoys, 12. 3. 1797,
V	C. G. Heyne, 14. 7. 1812,
VI	F. A. Krupp, 22. 11. 1902
VII	Franz Ferdinand und Sophie 28. 6. 1914
VIII	Menschenansammlung ??
IX	Mein Kunstexperte 5. 3. 2011
X	Deppada Hausmaasta !!
XI	Prater, Jogger
XII	Prater, Jogger mit Dogge

Entwurf gespeichert, sagte mein Handy. Ich war zufrieden, auch wenn mich diese Liste nicht weiterbrachte. Danach klapperte ich drei Photo-Läden ab, bis ich im vierten endlich einen passenden neuen Film für die alte Kamera gefunden hatte. Es war der letzte dieser Art, den sie noch in einem Archiv aufbewahrt hatten.

Den Nachmittag verbrachte ich „Auswärts", nicht am Naschmarkt, sondern im Technikbüro des Kriminalamts. Ich hatte sicherheitshalber ein aktuelles Photo des Naschmarktes mitgebracht und das Mikroskop für dessen kriminaltechnische Photoanalyse reserviert. Natürlich legte ich stattdessen mein achtes Photo ein. Ich rückte das Photo zurecht und beugte mich langsam über das Sichtglas. Ich schreckte mit einem Aufschrei zurück, der mir die Luft nahm. Unter jeder der vermutlich hundert Personen war im Mikroskop deutlich ein Datum zu erkennen. Mit zittriger Hand ging ich Person für Person durch. Es zeigt fast immer Tage der Jahre 1944 und 1945. Nur bei einigen wenigen spätere Tage von 1950 bis 1980.

Ich konzentrierte mich und schob die Mitte des Photos unter meinen beleuchteten Ausschnitt. Ich drehte am Knopf, um auf die erhöhte Person scharf zu stellen. Ich atmete schwer. Das Gewand war deutlich zu erkennen, auf das Gesicht musste ich gar nicht mehr näher zoomen. Der sanfte Verkäufer meiner Kamera stand da mitten in der Menschenmenge und präsentierte offensichtlich etwas. Es wirkte wie eine Zaubervorführung – eine Illusion in einem Zirkus, wie ich auch an den freudigen Blicken der Menschen im Mikroskop feststellen konnte. Eingraviert in seine Jacke konnte ich 2. 5. 1945 erkennen.

Die nächsten Tage spulte ich fast mechanisch meine akribischen Recherchen herunter. Ich besuchte das Circus- und Clownmuseum in der Leopoldstadt und fragte mich zu der wissenschaftlichen Leiterin durch. Sie schien ehrlich erfreut über mein Interesse und blätterte – begeistert ohne Pause erzählend – in Büchern ihres Archivs. „Hier steht es: Der Zirkus Kludsky hielt sich 1944–1945 in Wien auf." Ihr war der Zirkus offensichtlich bekannt. Sie zog treffsicher ein weiteres Buch aus der Bücherwand, blätterte kurz und schlug zielgenau eine Seite auf. Ich musste keine näheren Fragen stellen, denn sie las es bereits vor: „… große Tierschau – … – später vor allem bekannt durch den Illusionisten Leporello." Sie blickte auf: „Ein Künstlername, wie ich schon mal an anderer Stelle gelesen habe. Er soll Leo Chaime Piero geheißen haben, aber das ist nicht belegt. Er war Jude, das ist belegt, und dürfte in

Wien 1945 verstorben sein – von NS-Schergen hingerichtet, wie man vermutet." Ich hatte alles und unterbrach sie mit einem Blick auf die Uhr. „Er soll geheimnisumwittert gewesen sein", setzte sie unbeeindruckt fort, „aber das sind sie alle, die Magier, alles unbelegt, und das Regime dürfte großes Interesse an ihm gehabt haben, wie aus einem Protokoll ..." Das hörte ich noch beim Schließen der Tür.

Ich wusste, wo ich weitersuchen musste. Für den Sonntag nahm ich mir den jüdischen Friedhof in Währing vor. Ich trug den Termin auf meinem Handy ein: 13. März 2011, wie mir der Smartphone-Kalender anzeigte. Den Samstag davor verbrachte ich wie immer am Naschmarkt. Ich hatte alle Zusammenhänge verdrängt und schoss wahllos in der Menge elf Photos mit der alten Kamera, wie mir bei der Heimfahrt an dem Zähler XI auffiel. An dem verregneten Samstagabend überkam mich wieder dieses eigenartige Gefühl, stärker als sonst. Ich setzte mich an den frisch geputzten Schreibtisch, zog die zwölf Photos aus der Tasche und konzentrierte mich.

Ich blätterte die ersten acht Photos nochmals durch und drehte schließlich das neunte Photo meines sympathischen Kunstexperten mit einem flauen Gefühl um, nachdem ich am Nachmittag am Naschmarkt Spaghetti gegessen hatte. Das zehnte Photo, es war das elfte, wie ich später wusste, zeigte den Jogger. 6. 5. 2040. Ich zuckte zusammen. Ich sprang auf und trieb keuchend durch das Zimmer. Ich stürze zurück zum Tisch. Panisch zog ich das nächste darunter liegende Bild hervor. 11. 12. 2034 und 1. 11. 2019, bei der Dogge.

Ich wagte nicht zu denken, was ich mir dachte, geschweige denn es auszusprechen. Ich bilde mir das alles nur ein, sagte ich immer lauter. „Nein, nein, neein!" Ich sank auf den Boden, krümmte mich schmerzverzerrt. Ich konnte nicht mehr aufstehen. Ich weiß nicht mehr, wann ich eingeschlafen bin.

Um halb sieben in der Früh raffte ich mich auf. Wie in Trance spulte ich einen kläglichen Rest von Morgentoilette herunter. Das Handy klingelte: ein Termin wurde angezeigt, 13. März 2011 stand neben „Juidiscker Fridhoif".

Kurz vor Sieben. Ich schnappte die Kamera und stapelte die Bilder. In diesem Moment fiel mir das letzte, unterste Photo aus der Hand. Es war das zehnte. „Photo Nummer X ist im Kasten", fiel mir zum Hausmeister-Photo ein. Das Datum. Das Datum zeigt 13. 3. 2011. Ich sprang auf. Ich stürzte die Stiegen hinunter. Ich riss die Eingangstür auf. Mit einem Schrei stürzte ich auf die Straße – „Nein, bleiben Sie stehen." Der Köter zog bei meinem Anblick wie immer aggressiv an der Leine. Der Hausmeister, der eben in die Kronenzeitungstasche griff, stürzte von der Leine gezogen, mit zwei stolpernden Schritten nach hinten und landete mit dem Kopf schwer am Pflaster – auf der Straße. Das Quietschen der Reifen war auf dem regennassen Asphalt nicht hörbar. Den zerquetschten Kopf konnte selbst ich nicht ansehen. Mit beiden Händen vor dem Gesicht stürzte ich weg, weg, weg.

Irgendwann fand ich mich vor den Mauern des jüdischen Friedhofs in Währing. Der Sprung über die Mauern kostete mich keine Mühe. Mit langsamen Schritten stieg ich lethargisch über die verwahrlosten Gräber, die mit einer dünnen Schneedecke überzogen waren. Die Inschriften nahm ich nicht war. Es war bereits später Nachmittag. Bereits dunkel durch finstere Wolken am Himmel. Mit einer inneren Gewissheit näherte ich mich einem Grabstein am anderen Ende des Friedhofs. Der Schnee knirschte. Und die Gräber fühlten sich weich an, sodass meine Schuhe in die nasskalte Erde versanken. Das eigenartige Gefühl führte mich mit Gewissheit zum Grab. Alles kam mir bekannt vor. Ich blieb hinter dem vertrauten Grabstein stehen und strich mit der Hand langsam über den mit Moos belegten Stein. Ohne den Stein loszulassen stieg ich herum und hockerlte mich vor den Grabstein. Es war zu dunkel. Ich zückte mein Handy. Mit dem hellen Display leuchtete ich Buchstabe für Buchstabe ab. Leo Chaime Piero, 14. März 1899, 2. Mai 1945 zeigt die in den Stein eingravierte und fast nicht mehr lesbare Inschrift. Ich konnte keinen klaren Gedanken fassen, ich musste weg. Ich stolperte über mehrere Gräber, die sich vor meinen Augen drehten, fiel hin, mit dem Gesicht in die schneeweiche Erde.

Nachdem ich stundenlang rastlos herumgeirrt bin, ich weiß nicht mehr wo, bin ich vor einer Auslage stehen geblieben. Ich starrte auf mein Spiegelbild, das ich mit meinen schmutzigen Augen schemenhaft in der Auslagenscheibe erkennen konnte. In meiner rechten Hand konnte ich schemenhaft meine Kamera erkennen.

Elf Bilder, schießt es mir in den Kopf. Zwölf Bilder, noch ein Photo. Nur mit der Navigationsfunktion auf meinen Smartphone finde ich nach Stunden nach Hause. „Sie haben ihr Ziel erreicht."

Ich hatte im Wohnzimmer wohl eine Stunde vor dem Spiegel verbracht – mit der Kamera in der Hand. Meine Panik wich Lethargie. Ich drehte die Kamera zu mir, so wie man wohl eine Pistole vor dem Mord an sich selbst richtet. Ich drückte ab.

Mit einigem Aufwand klebte ich die zerrissenen schwarzen Folien auf das Fenster und richtete meine Photo-Utensilien in der gewohnten Weise her. Das eigenartige Gefühl drückte mir tief in die Brust. Finster. Die Dunkelheit machte mir Angst. Ich weiß nichts mehr. Die Negative hängen am Ende getrocknet vor mir – in der düsteren Dunkelheit. Ich habe noch ein Photopapier. Bei gedämpftem Rotlicht sehe ich die langsam entstehenden Konturen. Eine hässliche Fratze wird auf dem Photo sichtbar, ich bin es. Ich nehme das Bild in die Hand und schwenke es in der Luft, um die Trocknung zu beschleunigen. Ich wage nicht, es anzusehen.

Meine Brust drückt stechend, ich kriege keine Luft. In einiger Entfernung am Schreibtisch liegt das Photo von mir. Ich zögere. Nach einigen Minuten – oder waren es Stunden? – setze ich mich auf den Schreibtisch und drehe die Schreibtischlampe an. Ich senke langsam meinen Blick auf das Photo von mir. Ein stechender Schmerz durchsetzt meinen Körper: 2. 5. 1999.

Ich torkle. Mit rasenden Gedanken packe ich meine Kamera und stürze auf die Straße. Ich weiß nichts mehr. Irgendwann finde ich mich vor den Mauern des jüdischen Friedhofs in Währing. Der Eingang, eigentlich ein Holzverschlag, ist geöffnet. Ich spüre nichts. Meine Schritte bewegen mich zu dem Grab. Ich stehe wieder vor dem Grab des Magiers – Leo Chaime Piero.

Ich spüre mich nicht. Ich starre auf die Erde. Ich hebe langsam meinen Blick die dunkle Erde entlang hinauf zum Grabstein und erstarre beim Anblick meines Namens. Nur noch schemenhaft nehme ich das Datum auf dem Grabstein wahr: 2. Mai 1999. Die Kamera in meiner Hand. Sie entgleitet mir. Sie fällt langsam auf die schneebedeckte Erde vor dem Grabstein.

„Komm lass das liegen!" Der Mann steht in einiger Entfernung. „Leonhard, lass das liegen", wiederholt die neben ihm stehende Frau. Das Kind hüpft auf die Eltern zu. „Aber schaut nur, die gehört niemanden." „Mein Gott, das ist eine – alte Kamera", stammelt der Mann und blickt sich um. Es ist niemand auf dem Friedhof. „Wir bringen das zum Fundamt", bestärkt ihn seine Frau. „Nein, nein, das dürfen wir nicht, das dürfen wir nicht, die gehört mir!" „Jetzt reicht es, Leonhard, morgen bringen wir sie zum Fundamt und aus jetzt. Wir gehen nach Hause."

Das Zimmer ist voll ungewöhnlicher Spielsachen. Das Kind hebt langsam den Deckel einer Truhe. „Hab ich dich endlich wieder!" Es wickelt die Kamera in ein purpurrotes Tuch, legt das Päckchen vorsichtig in die Truhe und verschließt die Truhe. Mit dem Finger streicht es langsam über den goldfarbenen Rahmen mit der Inschrift „Leonardos Schätze".

4. Buch

Schodaun

von

Harry T. (Kultautor)

und Joe B. (Schreiberling)

(2012)

Vorwort

Es ist passiert!

Ja, ich habe sie – und das ist wohl schon den allerbesten, kreativen Buchautoren und -innen passiert. „Und wie nennt man das, was du vorher hattest?", fragte mein Schreiberling, als ich ihm von meiner aufkeimenden Schreibblockade erzählte.

Begonnen hat das alles im Herbst des Jahres 2011. Ich hatte mir wahrlich eine künstlerische Pause verdient. Ja, ich konnte mich nicht ohne Stolz auf meinen Lorbeeren ausruhen. „Der 'chattenmann" (Harry T. und Joe B., 2009, 3 Seiten) und „Fegefeuer" (2010, 12 Seiten) waren zum Glück in Vergessenheit geraten. Und so wurde mein Meisterstück „Ewig" (2011, 24 Seiten) im Brixener Lesekreis ausgiebig gefeiert und diskutiert. Vor allem, ob nicht statt des Lorbeerkranzes besser ein Dornenkranz mein Haupt zieren sollte. „Mach weiter so und wähle uns!", hörte ich erfreut von meiner bewundernden Fangemeinde. Das motiviert, auch wenn angemerkt wurde, dass man „wähle" mit „qu" schreibt. Ich wählte die Ruhe und verschwieg die geheime Truhe.

Das selbst gewählte Pausen-Los in der Herbstzeit ging nahtlos in ein Rast-Los im schneelosen Winter über. Und der Winterschlaf war bestens für umtriebige Vorarbeiten zu meinem nächsten Meisterwerk geeignet. Mit den ersten Schneeflocken weckte mich das Facebook-Icon aus meiner einzeiligen Freundesliste mit einem euphorisch intensiven Gedankenaustausch.

Joe B., 24. December 2011: *"?"*

Harry T., 24. January 2012: *".."*

„Gefällt mir – immerhin zwei Punkte", meinte mein Schreiberling, und ergänzte zwei Wochen später, dass zwei origineller als drei Punkte seien.

Und dann eines Tages im erwachenden Frühling! Die Schreibblockade war nicht mehr allein! Zu ihr hatte sich nun eine Denkblockade gesellt. „Das ist immerhin ein Fortschritt", vermerkte mein Schreiberling, „– in die falsche Richtung – aber immerhin: ein Fortschritt in eine Richtung."

Das Jahr schritt weiter fort. Die Denkblockade erfüllte mich mit einer wunderhaften Leere. Ich habe Zeit, darüber nachzudenken, wie man mit einer Denkblockade eine Schreibblockade überwindet, obwohl ich im Denken ja blockiert bin. Wenigstens weiß ich jetzt: diese Klischees stimmen nicht, dass du ein weißes Blatt Papier in die Schreibmaschine einspannst und auf das weiße Papier ein Stunde lang starrst. Oder dass du ein Wort tippst und nach einer Stunde das Papier zerknüllst und in den Papierkorb wirfst. Das stimmt keineswegs – es sind zwei Stunden und weiß ist nur der Hintergrund der Textverarbeitung.

„Wir nähern uns null Zeilen voll Stichworten, mit denen wir diesmal durchaus kein Buch schaffen könnten – bei beliebiger Wahl der Schriftgröße", verkündete stolz mein Schreiberling am beginnenden Sommer. Und jetzt sitze ich auf der Terrasse. Brixen hat mich wieder. Ein Sommer im Thale, wie immer mit einem Hauch von herbstlicher Erwartung. Ich bin so was von entspannt. Und doch spannungsgeladen wie nie zuvor.

Es gibt kein 4. Buch. Denn es passiert! Jetzt!

Ihr Harry T.
Brixen/Wien, 2012

p.s.

Mein Schreiberling Joe B. hat sich inzwischen für Anonymität auf Lebenszeit entschieden – „im gegenständlichen Kontext" wie er abschwächt. Verstehe ich – danke ihm aber dennoch für seine Kunst, Unvermögen mit Unvermögen zu kompensieren.

Wir sitzen schweigend auf der Terrasse des Hotels. Die Wiesen im Thale liegen saftig grün vor uns. Und die Berghänge schimmern in der lauen Spätsommerluft. Ich atme tief durch und blicke wehmütig in die Ferne. Die Stille vereinnahmt mich.

Nur langsam hebe ich den Blick auf den Berghang gegenüber. Und verharre bei der Hütte auf halber Höhe. Mit einem Schlag verengen sich meine Augen und ein kalter Schauer überfällt mich. Vier Jahre in Ungewissheit – ich kann es kaum erwarten. Morgen werde ich auf diese Hütte gehen und alles wird endlich ein Ende haben – und neu anfangen.

„Wie wär's, wenn wir morgen auf diese Hütte gehen?", fragte plötzlich mein naiver Schreiberling Joe B. Es ist das erste mal, dass er etwas Vernünftiges von sich gibt, zudem bietet er sich als Guide an und malt mir stolz die kürzeste Strecke auf die Hütte vor. Wenn er wüsste…

„Und morgen ist ja auch das Brixener Bergleuchten. Da werden auf allen Berghängen im Thale Feuer entfacht. Meist mit Fackeln, die machen damit so Symbole auf den Berghängen. Und dann nehmen sie ein Streichholz und zünden das an." Mein Schreiberling überlegt kurz und raucht sich eine an. „Oder ein Feuerzeug. Und dann brennt es bis Mitternacht, so ab zehn. Alte Tradition, glauben alle, aber das hat da Winzer Leonhard erfunden, erst vor ein paar Jahren, hat die Hotelchefin erzählt. Und dann brennt es und die Berge leuchten." Mein naiver Schreiberling langweilt mich mit seinem ungeordneten, redundanten Gequassel – natürlich weiß ich das alles bereits.

Die Morgensonne weckt mein lethargisches Gemüt. Es ist ein strahlender Tag. Heute ist es soweit – ich muss zum Abschluss kommen („a fünftes Buach pock i net", ergänzt intuitiv mein Unterbewusstsein). Wir treffen uns vor dem Hoteleingang. Mein Schreiberling ist für den Mount Everest ausgerüstet. Ich stehe da mit Turnschuhen, kurzer Hose und gletscherweißem T-Shirt.

Die Wanderung auf die Hütte wäre grundsätzlich kein Problem für meinen geschwächten Körper, da mein Schreiberling alle zehn Minuten innehält, um seine ekeligen Menthol-Zigaretten zu inhalieren. Doch den Weg, den ein normaler altersschwacher Wanderer in einer Stunde und zwanzig Minuten, bei einfacher Befolgung der Beschilderung, schafft, schafft mein genialer Kartenleser auf der kürzesten Route in drei Stunden. Ich habe vom Gestrüpp Kratzer im Gesicht und genug von ihm. Ich überlege, ob ich meinen Schreiberling nicht doch als Opfer in meinem Buch verewigen sollte.

Endlich! Mein Schreiberling peitscht mir noch letzte Äste ins Gesicht und wir treten aus dem Gestrüpp endlich auf einen Weg. Am Ende des nun flachen Weges taucht bereits die Steinerhütte auf. Ich blicke auf die Uhr. Es ist wie erwartet 15:19. Ich notiere „Ankunft 15:19", mit der Ergänzung „Leonardo d. V." auf meinem Smartphone-Notizbook. Das Display zeigt 12. 8. 2012. Mir schießt die Zahl 12 durch den Kopf. Der ekelhafte Gestank verbrannter Haare steigt mir in die Nase. Ich beruhige mich.

Die Hütte liegt beschaulich vor einer traumhaften Almwiese. Bunte Blumen schmücken die Fenster und das Geländer. Ein grandioser Ausblick auf Brixen und im Hintergrund auf das Kitzbüheler Horn zeigt sich beim Näherkommen. Auf der Terrasse genießen wir für einige Augenblicke das erhabene Gefühl, bis mich der ekelhafte Rauch meines Schreiberlings wieder an mein mulmiges Gefühl erinnert. Ich nehme gelassen die Zigarette aus seinem Mund, zerdrücke sie mit meiner Hand und zwinge ihn, mir sein Feuerzeug zu geben. Für einige Augenblicke blicken wir schweigend ins Tal.

Das Schweigen meines beleidigten Schreiberlings wird peinlich. Ich drehe mich um. Die Holzhütte wirkt von außen urig-gemütlich. „Steinerhütte – 6. 6. 1944" steht da eingraviert in den Balken über der Tür. Wir treten ein.

„Griass'di, i bin da Harry und da Joe", gebe ich mich beim Anblick des Wirten erfreut und beziehe in den Gruß gleich meinen Schreiberling mit ein, der kopfschüttelnd in sein Kartenmaterial vertieft ist und offensichtlich schon den Rückmarsch plant. Ich könnte ihn würgen.

„I bin da Siegi, da neiche Hüttenwiat", zeigt sich der Wirt gleichermaßen erfreut. „Nau, gfoit's eich do. I hob des johrelaung gsuacht und jetzt endlich g'funden", ergänzt er mit einem zufriedenen, unmerkbar kalten Lächeln, „nochdem da vorige Wirt jo vaschwunden is." Natürlich weiß ich, was er meint. Er ist sicher über Leichen gegangen.

Wir setzen uns und mein Schreiberling breitet sogleich die Karte aus und erklärt mir, „dass die Höhenschichtlinien sich da irgendwie kreuzen und …" Ich höre ihm nicht zu, stehe auf und sehe mich in der Hütte um. Ich sehe den Pfeil in den Keller mit der Aufschrift „Privat". Die WCs sind doch gleich hier oben. Ich wasche mir die Kratzer mit ausgetrocknetem Blut vom Gesicht. Nach einer Weile setze ich mich wieder zum Tisch. „Ja, und da ist die GPS-Koordinate, die da den Weg vertikal hätte kreuzen müssen können", beendet mein Schreiberling mit einem zerstreuten Kopfschütteln endlich seinen Monolog.

Der Speck mundet. Mein Schreiberling stopft sich mehrere Knödel hinein, dann ein Schnaps, dann noch einer, dann eine Suppe, dann ein Geselchtes mit Knödel, dann noch ein Schnaps und dann wie üblich der Verlust der Muttersprache. „Du-u Haaarry, i kaun nimma, blei'ma eeeh do doo."

Ich verspüre Genugtuung. Mein naiver Schreiberling hätte es nicht besser treffen können. Die Nacht in der Steinerhütte ist gerettet. Siegi bietet mir das hintere Zimmer im Dachgeschoß an. Ich bin mit dem lieblichen Raum zufrieden und schleppe meinen lallenden Schreiberling in die Kammer. Er röchelt mir ein „Guade Nocht" zu und kippt steif vornüber in das Bett.

Ich gehe ins Freie und atme tief durch. Die Tische auf der Terrasse haben sich geleert. Ein letzter Gast verlässt das Anwesen auf dem Weg über die Wiese. Ich schaue ihm nach. Er verschwindet im Gegenlicht. Die Sonne schimmert aus dieser Richtung – blutrot am Horizont. Es vergehen nur wenige Minuten und sie verschwindet hinter dem Berggipfel.

Es wird dunkel. Ich setze mich an einen der wenigen Tische in der urigen, gemütlichen Hütte und trinke ein Glas Wasser. Ein „Gla' Wa''er" kommt mir innerlich hoch.

Siegi setzt sich zu mir. Er erzählt von früher, als er noch Kellner war. Einzelne Teile seiner uninteressanten Erzählung stimmen sogar. Er hätte mir gleich alles sagen sollen, dann wären wir hier schnell fertig. Seine ideologisch verkorksten Gedanken bewahrt er für sich. Ich gebe vor, in Süßenbrunn geboren zu sein. Er reagiert nicht.

Es ist 22:00 Uhr. Ich schrecke hoch. Die Tür geht auf. Ein alter Mann tritt in den Schankraum. Sein auffälliges Gesicht – mit einer Narbe, wie nach einer schweren Brandverletzung – kommt mir sofort bekannt vor.

„Es brennt!", sagt er seelenruhig und blickt mit einem kurzen Nicken zu uns herüber. „Isch guat, Simon", sagt Siegi, ohne hinzusehen, „und der Berg wird uns erleuchten", setzt er mir zugewandt mit einem Grinsen fort. Der Alte setzt sich auf den großen Tisch beim Eingang am anderen Ende der Hütte. Die Stimmung in der Hütte hat sich geändert.

Siegi stellt mir einen Schnaps hin. „Geht auf's Haus." Ich nehme das Glas, hebe es ein Prost andeutend und verharre. Siegi wartet noch kurz erfolglos und setzt sich dann zu dem Alten. Sie flüstern. Mir entgeht nicht, dass die beiden etwas verbindet – aber es ist nicht Freundschaft. Es ist Hass. Und ich bin mir sicher, es ist der unbändige Wille, etwas zu bekommen.

Ich überlege, wo ich den Fusel unbeobachtet entsorgen kann, hebe das Glas zum Mund und leere es beim Absetzen in die Blumenvase am Tisch. Für einige ewige Sekunden ist es totenstill. Ich gähne hörbar, stehe auf und vermelde ein „Guute Nacht", mit der Stimmmelodie eines Fußballanalytikers, auch wenn das hier keiner versteht. Sie nicken und schauen mir wortlos nach.

Ich stapfe die Stiegen hinauf in das Dachgeschoß, schließe deutlich hörbar unsere Zimmertür und öffne sie wieder ungehört einen Spalt. Mein „nüchterner" Schreiberling liegt noch immer steif vornüber in seinem Bett. Ich lege mich hin. Ich schließe meine Augen und beobachte sie aus der Ferne. Denn ich erinnere mich, ich kenne jedes Detail dieses Abends aus meinen Träumen, zumindest jene bis Mitternacht.

Die Feuer auf den Berghängen gegenüber schimmern durch das Fenster der urigen, gemütlichen Hütte. „Ich habe dir gesagt, dass es da irgendwo liegt", durchbricht Simon verächtlich die Stille. „Ja, aber ich habe mir die Hütte besorgt", erwidert Steiner aggressiv. „Und wo ist der Hüttenwirt jetzt?", zischt Simon. „Da Winzer Leonhard ist selber schuld. Ich hätte ihm eine wahrlich hohe Summe für die Hütte geboten. Dieser Bauerntölpel, jetzt liegt er eineinhalb Meter unter diese Hütte. „Steiner, ich wusste schon immer, dass du ein Schwein bist!", sagt Simon angewidert.

Siegi rückt angespannt näher: „Sei froh, kleiner Jud, wenn du nicht einen Teil des Geheimnisses kennen würdest, würdest du jetzt neben ihm liegen." Der alte Simon blickt ihm starr in die Augen. „Und du, du verdammter Scherge", seine Stimme ist ruhig und wirkt unwirklich jung, „du könntest verdammt noch mal schon alles wissen. Stattdessen hast du den Kludsky-Zauberer Piero auf dem Gewissen. Er hätte das gesamte Geheimnis gewusst, die Kamera hatte er ja, aber die Rolle fehlte ihm" (mir fällt im Traum das Protokoll wieder ein: Siegfried Steiner hat im April 1945 die Vernehmung des Magiers Leo Chaime Piero durchgeführt. Sogar die stundenlange Folter ist detailgenau notiert. Piero soll aber laut Protokoll zu der reichsrelevanten Angelegenheit geschwiegen haben. Am 2. Mai 1945 wurde Piero hingerichtet.)

Steiner lächelt. Simon spürt, dass Piero doch geredet haben könnte. Steiner lehnt sich verächtlich zurück. Simon reicht es: „Steiner, wollen wir hier über die Vergangenheit diskutieren oder die Zukunft erleben? Hast du deinen Teil der Karte?" Mit einem provokativen Handgriff holt Simon eine vergilbte, in der Hälfte abgerissene Karte aus seinem Rucksack und knallt sie auf den Tisch, mit der flachen Hand oben drauf. Steiner greift sich auf seinen Kopf, reißt plötzlich an seinen Haaren und knallt sein Toupet mit der Innenseite nach oben auf den Tisch. Für einen Augenblick steht Simon das Entsetzen im Gesicht. Steiner sieht mit seiner Glatze noch grässlicher aus.

Doch für den nächsten Augenblick sind sie vereint. Sie stehen auf und betrachten die tätowierte Innenseite des Toupets, das fleischern wie ein Skalp aussieht. Simon rückt seinen ledernen Kartenteil zurecht. Die Tätowierungen gehen nahtlos in die Linien auf der Karte über. Genau in der Mitte wird ein „x^2" deutlich erkennbar, daneben steht, spiegelverkehrt, „LdV". Die Position ist beiden sofort klar.

Steiner holt hinter seiner Schank einen Krampen hervor. Der alte Simon zündet mit einem Streichholz eine gebrauchte Friedhofskerze an und stellt sie in eine Laterne. Sie starren sich kurz an. Steiner geht vor, lauscht kurz vor der Stiege in das Dachgeschoß, und steigt leise die steile Stiege in den Keller hinab. Der alte Simon hebt die Laterne und geht langsam hinterher. „Siegfried Steiner, du verdammtes Schwein", denkt er angewidert beim Anblick der Tätowierung „SS" am Hinterkopf der ekeligen Glatze. Steiner öffnet langsam die Tür mit der Aufschrift „Privat".

Der schwache Kerzenschein hüllt den leeren Kellerraum in ein düsteres Licht. Die feuchten Holzbalken und der lehmige Boden verbreiten einen modrigen Duft, der einem den Atem nimmt.

Simon stellt die Laterne ab und zeigt auf eine Stelle genau in der Mitte zwischen der rechten Wand und dem Stützbalken in der Mitte des Raumes. Steiner packt wortlos den Krampen und schleudert den Krampen punktgenau in den lehmigen Boden. Bei geschätzten acht Meter wären das zwei mal zwei Meter zwischen der Wand und dem Steher in der Raummitte. Mit einem mal kommt Simon x^2 schlüssig vor.

Steiner schwingt den spitzen Krampen in einem teuflischen Höllentempo. Der Krampen dringt tiefer in die lehmige Erde ein. Steiner hält inne und blickt auffordernd zu Simon. Widerwillig kniet der Alte nieder und scharrt mit seinen knöchernen Fingern die lose Erde auf die Seite. Wortlos hebt Steiner wieder den Krampen und Simon kriecht fluchend flüchtend auf allen Vieren auf die Seite. Steiner jagt den Krampen minutenlang in die kompakte Erde. Mit jedem Schlag spritzt ekeliger Schweiß von seiner Stirn. Steiner keucht.

Abfällig reicht Steiner dem Alten den Krampen. Simon nimmt den Krampen, verharrt und blickt auffordernd zu Steiner. Ohne Simon aus den Augen zu lassen kniet Steiner nieder und scharrt die Erde aus dem tiefer werdenden Loch. Der alte Simon treibt den Krampen darauf mit der gleichen Heftigkeit in die Tiefe. Steiner beobachtet argwöhnisch, ja fassungslos die immense Kraft des zähen Alten.

Simon steht der Schweiß auf der Stirn. Er lehnt sich, nun doch erschöpft, an den Stützbalken mitten im Raum. Er schließt die Augen und atmet ganz tief ein. Steiner schwingt rasend den Krampen in den Lehm. Beim nächsten Schlag dröhnt ein metallener hohler Klang durch den Kellerraum. Steiner holt nochmals mit aller Kraft aus. Simon reißt die Augen auf …

Ein kurzes Klonck meines Smartphone-Weckers weckt mich aus meinen Traum. Es ist zwölf Minuten vor Mitternacht. Ich bin schlagartig hellwach. Durch das kleine Fenster flackert beinahe romantisch das Bergfeuer aus unzähligen Fackeln neben der urigen Hütte.

Mein Schreiberling liegt zusammengekrümmt in seinem Bett. Ich bewege lautlos die halbgeöffnete Tür und schleiche auf Socken die Stiegen vom Dachgeschoß hinab. Das Knarren der letzten Holzstiege durchzuckt meinen angespannten Körper.

Ich blicke mich im Schankraum kurz um und steige still die steilen Stiegen hinab in den Keller. Von oben dringt nur ein schmaler Lichtschein in den dunklen Kellerraum. Ich taste mich die modrige Wand entlang. Kein Lichtschalter. Mir fällt das Feuerzeug meines Schreiberlings in meiner Hosentasche ein.

Zong! Mit der kleinen Flamme in der Hand drehe ich mich langsam um. In diesem Augenblick tauchen zwei Augen vor meiner ausgestreckten Hand auf. Den Schock kann ich hier nicht beschreiben. „Simon Hevithal!", schießt es mir in den Kopf. Der breite Teil des Krampens ragt aus seinem Hals. Mit dem spitzen Teil durch seinen Hals ist er an den Stützbalken mitten im Raum genagelt. Er starrt mich mit weit aufgerissenen, toten Augen an. „Komm näher!", stöhnt er plötzlich schmerzverzerrt. Der grässliche Anblick lässt mich erstarren.

„Du kennst das Geheimnis!", flüstert er. Ich trete näher heran. „Ja", sage ich emotionslos, „nur wer die Rolle und die Kamera hat, lebt das nächste Leben. Und alle anderen müssen in der Zeit im Fegefeuer schmoren. Und jetzt wirst du wieder lange Zeit dort verbringen." Er packt mich plötzlich mit seinen blutigen Händen an meinem gletscherweißen T-Shirt. Meine Stirn drückt schmerzhaft an die breite Kante des Krampens. „Es sind schon viele, sie werden dich finden. Du wirst sie nicht erkennen", krächzt er. Ich hebe mein Feuerzeug in der rechten Hand vor sein Gesicht.

Er stöhnt vor Schmerzen mit meinem Feuer unter seinem Kinn. „Ich werde sie alle erkennen", schnaube ich in überheblicher Bescheidenheit, „und aus dem Weg räumen. Du alter Querkopf, ich weiß natürlich auch, dass die Rolle und die Kamera gemeinsam in der Truhe sind, hier irgendwo, vergraben im Staub der Vergangenheit." Grenzenlose Wut steigt in mir auf. „Verdammter Simon! Wo ist Steiner? Sag es! Wo ist meine Truhe?" Hevithal schließt langsam seine Augen. „Es bedeutet nicht X Quadrat – es heißt …" Seine Hände erschlaffen. Ich trete einen Schritt zurück und stürze mit meinem rechten Fuß in die Grube. Mein lädiertes rechtes Knie jagt mir einen stechenden Schmerz bis in die Brust.

Meine nassen Socken verspüren das warme Metall unter meinen Füßen. In endloser Verzückung sinke ich nieder. Ich umfasse „meine" Truhe. Ich rüttle. Sie bewegt sich nicht. Mit krampfhaften Fingern kratze ich den feuchten Lehm am unteren Rand der Truhe entlang. Sie bewegt sich.

Von oben höre ich Schritte. In Panik krieche ich auf allen Vieren die Wand entlang Richtung Kellertür. Mein Knie schmerzt. Ich sehe nichts und spüre im gleichen Augenblick die Türkante schmerzhaft auf meiner Stirn. Ich ziehe mich hoch und presse mich hinter die Tür. Meine Beule auf der Stirn pocht.

Ich höre die Schritte auf der Kellerstiege und das Keuchen. Ein matter Lichtspalt wird sichtbar. Meine Augen haben sich an die restliche Finsternis des dunklen Kellers gewöhnt. Ich sehe Steiner. Er packt einen Benzinkanister und schüttet das alte Gebälk voll mit Benzin. Den zweiten Kanister schüttet er verächtlich auf Hevithal. Ich halte die Luft an.

Steiner zündet ein Streichholz an und hält es an die von Benzin triefenden Haare Hevithals. Sie flackern auf. Steiner steht ungerührt vor Hevithal, ganz nah an der breiten, scharfen Kante des Krampens. Rauch erfüllt den Raum. Ich kann nicht mehr.

Ich huste. Steiner reißt herum. Wir starren uns an. Die Kiste liegt zwischen uns in der Grube. Steiner erstarrt für einen Augenblick. Ich schnelle mit einer noch nie gekannten Heftigkeit nach vor, mit meinem Kopf und meinen Schultern voll in die Brust von

Steiner. Steiner umklammert zitternd meinen Kopf. Ich reiße mich los und liege am Boden. Von unten sehe ich die grässliche Fratze von Steiner – und die breite, scharfe Seite des Krampens, die von innen nur wenige Zentimeter aus seinem blutenden Hals ragt. Welch' schaurig-schönes Gemälde – beide seit Jahrhunderten in Feindschaft verbunden auf einem Krampen blutend vereint und nun auf dem gemeinsamen Weg ins Fegefeuer.

Der Rauch nimmt mir den Atem. Ich sehe nichts. Ich bin benommen. Mit letzter Kraft rolle ich mich herum. Mit beiden Händen umfasse ich die Truhe. Sie fühlt sich leicht an. Mit schmerzendem Knie komme ich mühsam hoch. Ich dreh mich um und stürze blindlings nach draußen. Filmriss! [*Anmerkung des Schreiberlings: der Kult-Autor knallt voll gegen einen 1 Meter 50 hohen Querbalken und liegt danach bei vollem Unbewusstsein rücklings am Boden.*] Das Bergfeuer erlischt.

Es wird hell. Ich bin im Himmel. „Morgen, Harry! Sieh dir diesen Morgen an!" Mein Schreiberling steht staunend am Fenster vor dem geöffneten Vorhang. Die Sonne scheint mir direkt in meine verschlafenen Augen.

Nur langsam werde ich wach. Mein Schreiberling plappert ohne Pause auf mich ein, während ich mich anziehe: „Der Wirt hat uns den Schlüssel dagelassen und ist mit seinem Gast auf die Alm gegangen. Ich habe bereits bezahlt. Und sag bitte keinem was über den gestrigen Abend, mein Kopfweh reicht für drei Tage. Das Feuerzeug befindet sich nun wieder in meinem Besitz. Und den Rückweg habe ich schon perfekt geplant."

Mir ist das zu viel auf einmal. Ich schließe die Augen und verharre kurz bei meinem Traum. Ich schwanke unsicher zwischen Traum und Wirklichkeit. „Vergiss dein Rucksäcklein nicht!" Mein Schreiberling holt mich aus meinen düsteren Träumen und stürmt nach draußen. Ich bin erleichtert. Es ist wahrlich ein strahlender Tag. Das liebliche Zimmer erinnert mich daran, dass ich

61

doch nur auf Urlaub bin. Ich atme tief durch und nehme meinen kleinen Rucksack vom Bett.

Eingewickelt in meine weiche, gefütterte Regenjacke im Rucksack spüre ich plötzlich die vertraute Truhe. Ich verharre kurz in absoluter Leere und gehe dann traumatisiert nach draußen, mit einem Gefühl von Entsetzen und doch mit der größten Genugtuung, die man sich vorstellen kann.

Mein naiver Schreiberling steht auf der Terrasse mit ausgestreckten Armen und blickt hinunter ins Thale. Ich stelle mich scheinbar gleichmütig neben ihn. Wir genießen für einige Augenblicke schweigend die erhabene Aussicht. Ich spüre eine vollkommene Zufriedenheit und eine Beule am Kopf. Nachdem mir fünf Minuten kein ekeliger Rauch in die Nase dringt, mahne ich mit einem Seufzer zum Aufbruch.

Mein Schreiberling schwingt seinen vollen Rucksack schwungvoll auf seinen Rücken. Ich ignoriere beim Weggehen sein Jammern, dass das Feuerzeug nicht mehr geht. Den Rückweg bergab, den ein normaler altersschwacher Wanderer locker in einer Stunde, bei einfacher Befolgung der Beschilderung, schafft, schafft mein Schreiberling auf der kürzesten Route in zwei Stunden. Aber mein Schreiberling sorgt dieses Mal für längere Pausen, in denen er auf Indianerart mit Holzstäben drehend auf trockenem Moos reibend erfolglos versucht, Feuer für seine ekeligen Menthol-Zigaretten zu machen. Mir fällt ein, dass die Indianer mit dem Geschick meines naiven Schreiberlings im Sommer ohne Feuer erfroren wären. Ich dränge zurück in die Gegenwart, ich habe keine Zeit.

Im Hotel pflege ich noch schnell meine Schürfwunden am Knie und wasche mir meine blutverschmierten Kratzer im Gesicht weg. Im Spiegel sehe ich schemenhaft einen blassroten Fleck auf meinem gletscherweißen T-Shirt. Ich habe keine Zeit, darüber nachzudenken. Ich habe jetzt wohl ewig Zeit und doch möchte ich schnell hier weg.

Wir treffen uns an der Hotelrezeption. Mein Schreiberling hat bereits ausgecheckt und ein Feuerzeug mit der Aufschrift „Brixen im Thale" gekauft. „Habe ich mir gekauft", meldet er stolz, während ich zahle, „zur Erinnerung!" Wir holen unser Gepäck vom Frühstücksraum. Ich habe es gut in meinem großen Koffer verpackt, mein Geheimnis, mein Ein und Alles. Zu Hause werde ich genug Zeit haben, es zu öffnen. Mein naiver Schreiberling bietet mir an, meinen großen Koffer zu tragen. „Ist ganz leicht", meint er. Wenn der wüsste.

Wir kommen an der Rezeption vorbei. Ein Mann checkt gerade ein. „Leon Dawinschki", höre ich den Mann sagen, „haben Sie Karta fir Wandern of Winzer-Hitta odr Steiner-Hitta?" „Du bist zu spät", denke ich mit voller Genugtuung und gehe nach draußen. Mein naiver Gepäckträger mit seinem schäbigen Päckchen und meinem wertvollen großen Koffer watschelt ahnungslos voraus zu unseren Autos auf den Parkplatz.

Am großen Parkplatz packe ich meinen großen Koffer in meinen großen Kofferraum. Und winke meinem naiven Schreiberling noch einmal zu, der eben sein Päckchen auf den Beifahrersitz seines schäbigen Autos legt. Er winkt mit einem sympathischen Lächeln zurück.

Ich fahre voraus, immer geradeaus der Ewigkeit entgegen …

p.s. von Joe B. an Harry T.

Ich lächle zufrieden und streiche mit der rechten Hand behutsam über MEINE Truhe auf dem Beifahrersitz. Ich biege rechts ab und fahre der Sonne entgegen ...

Lieber naiver Kult-Autor, lieber Harry, Du warst noch nie gut in Mathematik – „x^2 = x hoch 2". Du hättest weiter graben sollen. Da hättest Du die zweite Kiste, die richtige Truhe, entdeckt.

Dein Schreiberling
Joe B. (hmm, werd' mir einen neuen Namen zulegen)

p.p.s. von Harry T. an Joe B. (oder wie auch immer)

Lieber hinterhältiger Schreiberling hoch 2,
ich werde Dich suchen und finden!
Und wenn es ewig dauert!
Bis bald!

Dein Harry T.

5. Kein Buch

Epilog

von

Harry T. (Kultautor)
und Joe B. (Schreiberling)

(2013)

Vorwort

Und was denken Sie nun? Wie – Sie denken gar nichts mehr?

Sie werden aber sicher wissen wollen, wie die Geschichte ausgegangen ist – auch wenn es Ihnen herzlich egal ist. Sie werden es epilogisch erfahren, ob Sie nun wollen oder nicht.

Ich habe lehrreiche Jahre hinter mir – oder genauer: zeichenreich leervolle Jahre. Vor allem das letzte Jahr war reichlich voll davon. An den Winter erinnere ich mich zwar nicht mehr, aber der Frühling erweckte Gefühle, ja konstruktives Unbehagen, meine literarische Lethargie lustvoll leerzeichenintensiv loszulassen.

Obwohl wir, also ich und mein naiver Schreiberling … „hinterhältiger" wäre mir hier lieber, murmelt da mein Schreiberling tippend neben mir. Also gut: Obwohl wir, ich und mein hinterhältiger, extrem naiver Schreiberling, uns regelmäßig trafen, schwiegen wir über das Jenseitige, die andere Welt, die da so spannungsvoll unvollendet vor uns lag.

Unser exklusiv dem literarischen Schaffen gewidmeter, prall gefüllter WhatsApp-Messenger-Thread war demnach eine Herausforderung für jeden Cloud-Speicher – hier in voller Länge:

Joe B., 13. March 2013:   " " *(Entwurf gespeichert)*

Harry T., 13. June 2013:   " " *(Entwurf nicht gespeichert)*

Für jene mit Wählscheibe auf dem Telefon, die hier aussteigen: Sie spannen ein leeres Blatt Papier in eine Schreibmaschine ein, drücken zweimal die Leertaste, stecken das Blatt in ein Briefkuvert und legen es auf einen sinnlosen Stapel, damit Sie gemeinsam Ihre geistreichen Ideen für die Nachwelt aufbewahren.

Die Vorbereitungen für den Epilog erreichten mit dem beginnenden Sommer eine heiße Phase. Lieber ohne Schweiß kein Fleiß verhieß emsige Inaktivität bei 40 Grad im Schatten.

Und dann endlich: Brixen im Thale. Kraftvoll strahlt die Sonne in das grüne Schimmern der Almwiesen. Und über den Bergen bilden sich mächtige Wolken, die endlich gewittrige Abkühlung versprechen. Der laue Sommerwind erfährt herbstliche Verstärkung und streift genussvoll mein wallendes kurzes Haar.

Die Hitzeperiode ist vorüber. Doch im Brixener Lesekreis geht es heiß her. Das 4. Buch „Schodaun" (2012, 16 Seiten) hat titelbedingt eine hitzige Diskussion über germanisierte Anglizismen ausgelöst. Vor allem gab es hitzige Erregung, dass man, um das 4. Buch auch nur ansatzweise zu verstehen, gezwungen war, sich nochmals durch alle 3 Bücher durchzuquälen. So war es mir gelungen, „Der 'chattenmann" (2009, 3 Seiten), „Fegefeuer" (2010, 12 Seiten) sowie „Ewig" (2011, 24 Seiten) zu einem unvergesslichen Déjà-Vu-Erlebnis im Brixener Lesekreis zu krönen – „Bitte Harry & Co, macht das nie wieder so" hörte ich und war höchst motiviert und froh.

Es gab kein 4. Buch. Und das 5. ist kein Buch. Es ist ein 20 Seiten langer Epilog, der das geständig zu Ende führt, was längst am Ende ist und doch ewig währt.

Ihr Harry T.
Brixen/Wien, 2013

p.s.
Mein Schreiberling Joe B. hat inzwischen seinen Namen geändert – „hinter dem B.", wie er geheimnisvoll verlautbart. Seiner selbstgewählten literarischen Anonymität soll damit mehr Ausdruck verliehen werden. A propos Ausdruck: Für seine eindrucksvoll ausdrucksvollen Sprachverrenkungen danke ich ihm ausdrücklich.

„Verdammt!"

Ich könnte hier in meinem Hotelzimmer wahnsinnig werden. Mein Versuch, das Gesamtwerk – mein Geständnis – der Nachwelt zu vermachen, war ja schon daran gescheitert, ein Pe-De-Eff des Dokumentes zu erstellen. Und es scheiterte jetzt umso mehr an dem x-ten Login-Versuch, um es in das Internet hochzuladen. Dieses beschissene Weh-LAN!

Für einen Augenblick vermisste ich meinen extrem kompetenten und technisch versierten Schreiberling, der da vermutlich irgendwo im Süden weilte. X hoch 2! Dieser verdammte Kerl! Der Blick auf meine leere Truhe am Bett ließ Wut aufkommen.

Klonck! Das Smartphone zeigte mir „SMS, 12. 8. 2013, 12:00". Der Wisch auf das SMS-Icon verkündete hinterhältig „Hoch S!!" von einer unbekannten Nummer. Ich blätterte sogleich durch die Mathematikbücher aus meiner Volksschulzeit, die ich zwar nicht verstanden, aber seit einem Jahr immer bei mir hatte. Nach einer Stunde war meine eingebungsvolle Erkenntnis gleich Null zum Quadrat. Gar nix! Hoch S! X hoch S! Mit einem Schlag verspürte ich eine schmerzvolle Ahnung, dieses diabolische „S, dieses ver'chi''ene." Ein Schatten legte sich über meine fast toten Augen. Ich konnte es deutlich sehen, das „hohe S....".

Das Klopfen an der Tür mit seinem bekannten, naiven Rhythmus schreckte mich aus meinen düster verschlossenen Gedanken hoch. Mein extrem naiver Schreiberling Joe B. stand da unverblümt in der von mir erwartungsvoll überrascht geöffneten Tür. Noch schmerzverzerrt mit dem „ver'chi''enen" S kämpfend entkam mir ein „Toe B.!?" „Or not to be – na, hast Shakesbier getrunken!?", ergänzte mein hinterhältiger Schreiberling gut gelaunt. „Er hat immer spiegelverkehrt geschrieben!", fuhr er fort und trat unaufgefordert an mir vorbei ins Zimmer ein. „Wer er?", hätte ich beinahe gefragt. „Vd odranoeL!", setzte er vergnügt fort, „Der Zweier ist ein S! Das X hoch 2 bedeutet auch X hoch S!"

Ich gab vor, das längst gewusst zu haben, obwohl ich selbst nicht wusste, was ich in mir verborgen wusste. Wir einigten uns dann rasch über das Vergangene: Mein Schreiberling versprach, nicht mehr hinterhältig zu sein, und ich, die Bezeichnung „extrem naiv" (soweit möglich) zu vermeiden. Wir setzten uns.

Während ich gedankenversunken ermüdend auf den Bildschirm meines Laptops starrte, plapperte mein neben mir sitzender, eher mehr als weniger naiver Schreiberling drauf los. Er hätte für mich in Rom recherchiert und auch das Leonardo-Museum in Vinci besucht. Und er hätte sich Leonardos Gemälde angesehen, „Der heilige Hieronymus" im Vatikan, „Die Taufe Christi", „Die Verkündigung" und „Die Anbetung der Könige aus dem Morgenland" in Florenz (ich wurde extrem müde), „Das letzte Abendmahl" und „Bildnis eines Musikers" in Mailand, und dann in Paris, das „Bildnis der Mona Lisa", „Bacchus", „Die Felsengrottenmadonna" (ich schlief felsenfest), „...". Dass er aber in Paris noch gar nicht war, hörte ich nicht mehr.

„Ich musste die Truhe mitnehmen. Sie alle wollen es haben. Sie sind dir auf den Fersen, sie beobachten dich. Sie beobachten alles, was du im Internet tust", vernahm ich von Weitem. Ich erwachte und lachte kurz auf. Davor hatte ich wahrlich keine Angst.

„Und? Hast du sie geöffnet, die Truhe?", fragte ich gähnend. „Natürlich!", sagte mein Schreiberling, sprang auf und verschwand wortlos aus dem Zimmer. Ich hörte noch, wie er das Zimmer nebenan aufschloss.

Kloong! Ich drehte mich zum Schreibtisch um. Mein altersschwacher Laptop zeigte stolz „Sie sind verbunden!" Beinahe hätte ich auf den Bildschirm eingedroschen.

Mein Schreiberling kam zurück in das Zimmer und stellte die Truhe, meine Truhe, geöffnet wortlos neben die leere auf das Bett. Ich lenkte ab: „Und? Was sagen uns die Bilder?" „Sie sind

schön – und eigentlich – eher nichtssagend", gestand mein extrem
– nun gut, mein extrem „kluger" Schreiberling.

Es gäbe nur 14 Ölbilder von Leonardo, merkte er noch an. „Obwohl", er hielt inne, „das 15. war verschollen und es ist umstrit-
ten, ob es von ihm ..." Ich wurde hellwach. Mit ausschweifend
eleganten Mausbewegungen startete ich in gewohnt kompetenter
Weise den Internet-Browser und fragte Wikipedia. „Es gibt noch
eines: Salvator Mundi!", riefen wir erfreut. Der Heilsbringer, der
Retter, der Erlöser. Mein losgelöstes Bauchgefühl sagte mir, dass
wir der Lösung näher denn je waren. Ich verfasste in gewohnt
kompetenter Weise sofort ein anschauliches Fahndungsphoto –
auf Papier mit ausschweifend eleganten Malstiftbewegungen.

Mein technisch versierterer
Schreiberling zoomte inzwischen
am Computer näher an das Bild
heran. Noch näher an das X auf
seinem Gewand. Wie die Zu-
schauer bei einem langen Ball-
wechsel am Tennis-Court blickten wir synchron abwechselnd
auf den Bildschirm und auf die
Rolle in der Truhe, auf den Bildschirm, auf die Rolle, auf den
Bildschirm, auf die Rolle, auf
den ... („Es reicht", verkünde ich
meinem extrem iterativ-naiven
Schreiberling). Das Ornament,
die Struktur, die Farbe des X am
Gewand war völlig ident mit der
ledernen Hülle der Rolle. „Er hat
die Rolle gezeichnet!", riefen
wir wortgleich erstaunt wie aus
einem Munde.

Phantombild des neuerdings zur Fahndung
weltweit ausgeschriebenen Salvator Mundi
[angefertigt vom nur mittelmäßig begabten
Kultautor frei nach Leonardo da Vinci].
„Grandios, das ist ja ‚viel besser' als das
originelle Original auf diesem linkischen
de.wikipedia.org/wiki/Salvator_Mundi ...",
kommentierte mein unbegabter Schreiberling mit einem kaum unterdrückten
Schmunzeln. Ich war kurz kaum beleidigt.

Wir verharrten minutenlang schweigend vor dem Bildschirm. „Und das X hoch 2!", entfuhr es uns plötzlich zeitgleich. Die beiden Finger auf der rechten Hand zeigten deutlich subtil Zwei. Seitenverkehrt war das X hoch S! „Das hohe S", wiederholte ich gequält. Wir starrten auf den Laptop und dann mit einer langsamen, synchronen Kopfdrehung auf die neben dem Laptop liegende Wanderkarte von Brixen im Thale. Mitten auf der Karte prangte die „Hohe S....!"

„Hohe Salve!", wiederholte mein euphorischer Schreiberling. „'alve", wiederholte ich. Mein Schreiberling erschrak und starrte mich an. „Hohe 'alve im Thale dreid'ehn aacht dreid'ehn – wuaaarg – quingenti anni 'alvator mundi vita aeterna proclamat", stieß ich in einer qualvollen, fremden Stimme hervor. Ich fiel vom Sessel und krümmte mich zuckend mit extremen Schmerzen hinter den fast toten Augen. Ich konnte es nun deutlich sehen.

„Du machst mir Angst", meinte mein Schreiberling, während ich erschöpft auf dem Bett die Füße auf der leeren Truhe lagernd lag. „Aber es gefällt mir, was du – ich glaube 13 mal – geschrien hast. Das klang ja beinahe nach 13. 8. 13, das wäre dann wohl morgen. Ansonsten wusste ich gar nicht, dass du Latein kannst", ergänzte er und reichte mir einen nassen Waschlappen. Das kühle Nass auf den geschlossenen Augen tat gut. Ich hatte es deutlich gesehen, was ich früher, vor sehr langer Zeit, erfahren hatte.

Mein sprachbegabter Schreiberling hatte inzwischen – keine Ahnung wie, mit dem Waschlappen vor meinen Augen – so ein Latein-Deutsch-Onlinewörterbuch aufgerufen und rezitierte stockend: „Fünfhundert – Jahre – Erlöser – der Welt, Himmel, Erde, Menschen – Leben ewig – verkündet. Na da hat sich mein Lateiner ja ganz klar ausgedrückt." Ich schwieg nachdenklich. „Dein originelles ‚Wuaaarg' habe ich übrigens nicht gefunden. Wusste übrigens gar nicht, dass du ellipsisch lispelst – er li'pelt, lliii'pelt." Ich ignorierte ihn. „A propossss Ssss, Esssssen wäre angesagt", hämte er.

Meine Besessenheit kehrte zurück. Ich legte den Waschlappen beiseite, sprang auf und zischte meinem ätzenden Schreiberling „Sisssyphosssssss" lautstark ins Ohr, „mach weiter, sssonst...". „Das Bild Sssalvator Mundi soll um 1500 entstanden sein", nuschelte mein Schreiberling kleinlaut vom Laptop vorlesend. Ich wusste intuitiv, dass es von Leonardo 1513 fertiggestellt wurde, genau am 13. 8. 1513. Alle fünfhundert Jahre war es soweit. Er hatte alles aufgezeichnet, die Verkündigung aufgemalt. Die vollkommene Zahl fiel mir plötzlich ein: 12, zweimal deutlich in 13-8-13 sichtbar, wenn man die einzelnen Ziffern mittig von links und von rechts addiert. Obwohl ich von der verblödeten Zahlenmystik nichts hielt, zwang mich der ekelige Gestank verbrannter Haare jetzt daran zu denken. Mir war der Zufall bestimmt, es lag fast alles schlüssig vor uns. „Zeig mir die Rolle", bat ich meinen mutigen Schreiberling, ich selbst wagte es nicht nochmals, sie anzugreifen. Ein Donnergrollen war in der Ferne zu hören.

Er öffnete behutsam den ledernen Verschluss, der sich leicht abheben ließ. „Du wirst erstaunt und doch enttäuscht sein und du wirst es nicht verstehen so wie ich enttäuscht war und es ein Jahr lang nicht verstanden habe", sagt mein Schreiberling fast pathetisch, während er mühselig langsam das alte Pergament aus der Rolle zog und vorsichtig auf dem Bett ausbreitete. Ein Windstoß von der halb geöffneten Terrassentür blies etwas Staub von dem Pergament auf mein Bett.

Ich hatte Jahre, Jahrhunderte, auf diesen Augenblick gewartet. Mit meinen sehr lebendigen Augen musterte ich das wahrhaft erstaunliche Wunderwerk. „Wir werden geschätzte 500 Jahre brauchen, um das zu entschlüsseln", jammerte mein jämmerlicher Schreiberling, während ich längst das Wunder mit meinen halbgeschlossenen Augen in seiner ganzen Pracht erfasste. Es waren wohl an die 13.000 Anweisungen in allen, exakt 6.613 Sprachen in kleinster altertümlicher Handschrift klar erkennbar. Schwarze Gewitterwolken verdunkelten die aufkommende Nacht.

Darüber hoben sich farblich in brillanten Mustern der späteren Goethe'schen Farbenlehre aus 1809 so an die exakt 1.519 Symbole der Mystik ab. Daraus bildete sich klarerweise – dem astronomischen Muster der 12 Sternbilder folgend – eine nichteuklidische Geometrie. Jaaa – es ergibt sich demnach ein kubischer Kegel mit einer transparenten Kugel idiomorphen Kristalls oben drauf. Mein Puls beschleunigte sich.

Der Spiegelung des darauf projizierten Lichts folgend ergäben sich exakt 12 spektralfarben-monochromatische Piktogramme, die die atomare Struktur des durch das Deuterium-Isotop angereicherten schweren Wassers abbildeten. Ich spürte hinter meinen lebhaften Augen, ohne jeden Schmerz, das gesamte verborgene Wissen in mir beschleunigt herausquellen. Bedrohlicher Regen prasselte auf das Fensterbrett.

Hier blitzschnell einer Fibonacci-Folge, mit der Leonardo Fibonacci im Jahr 1202 das Wachstum einer Kaninchenpopulation beschrieb, folgend nähert sich demnach nach Kepler der Quotient dem Goldenen Schnitt. Und da – doch ein Fehler? Draußen blitzte es auf mit einem gewaltigen Donnerschlag.

Ich vibrierte. Meine lebhaften Augen tanzten von Symbol zu Symbol, von philosophischer Erkenntnis zu mathematischen Wissen, kreuz und quer zum Quadrat. Ich befand mich geistig am Ende des 3. Jahrhunderts der Auflösung.

„Observa, crucem non tangere!!", stand da schnell nach dem Kerkhoff-Prinzip dechiffriert, „Muss ich mir merken und meinen Lateintranslator mit seinem Online-Klumpert gleich nachher fragen", prägte ich mir unter geistigem Starkstrom stehend ein. Das Licht flackerte kurz und mein Laptop verabschiedete sich im Hintergrund mit einem saftlosen Klooaang.

„Wie wär's, wenn wir einfach das ganze Klumpert in der Truhe nehmen und damit auf die Hohe Salve gehen", sagte da mein einfach gestrickter Schreiberling. Ich war gerade im 4. Quadranten der multidimensionalen Zeitlösungsskala bei der Ableitung einer Stammfunktion eines unbestimmten Integrals und mein extremst naiver Schreiberling wagte es, mit seiner hausbackenen Idee – hmm, obwohl: „Is' gut – pfeif drauf – gemma essen!" Wir klatschten ab.

Ein kräftiger Windstoß blies das schwere Pergament von der Bettkante auf den Boden. Wir ließen alles liegen und stehen. Ich zog meine Sandalen an, während mein genialer Schreiberling noch schnell in sein Zimmer lief, um seinen Getränkegutschein für das heutige Abendessen mit Tiroler Buffet zu holen.

Gedankenlos warf ich die Zimmertür hinter mir zu. Zeitgleich knallte ein gewaltiger Donner durch das Hotel. Und im gleichen Augenblick erlosch das Licht im Gang, und im ganzen Hotel. Ein schauriges Gruseln überfiel mich in der stockdunklen Dunkelheit. Sie alle seien hinter mir her, fiel mir ein. Ich hörte das leise Knarren einer Tür. Panik erfasste mich. Ich war völlig orientierungslos und verharrte regungslos. Sie wöllten mich holen, zur Hölle, sie wöllten mich töten. Sie alle wöllten mich töten, um meine Truhe zu holen. In der Ferne sah ich ein kleines rotes Licht im Dunkel. Ich lauschte. Und hörte Atem. Das rote Licht! Es könnte der Liftknopf sein. In geduckter Haltung startete ich los. Aus dem dunklen Nichts spürte ich plötzlich einen gewaltigen Stoß auf meiner Stirn, wie von einer Kristallkugel, oder einer hohlen Kristallkugel. Ich wankte kurz und tastete mich lautlos mit der Hand an der Wand zum Lichtknopf. Oder war es doch eine Holzkugel? Ich drückte. Die Tür des finsteren Lifts öffnete sich mit einem Krächzen. Ich trat lautlos in den stockdunklen Lift. Die geöffnete Tür verharrte lautlos. Und ich spürte, dass eine fremde Macht eintrat. Mit einem Krächzen schloss die Tür. Ohne zu drücken ging es abwärts. Und abwärts. Der Lift müsste längst anhalten. Ich hielt die Luft an. Der Lift hielt mit einem Ruck. Die Tür der Kammer des Schreckens öffnete mit einem düsteren Krächzen. In der Eingangshalle ging das Licht wieder an. Neben mir im Lift stand mein lächerlich ängstlich dreinblickender Schreiberling, der

Holzkopf, mit Beule auf der Stirn. Wir blickten uns kurz mitleidig an und gingen wortlos Richtung Speisesaal.

Im Hotel waren eine Menge neuer Gäste eingelangt. Ich hatte das starke Gefühl, dass mich im Speisesaal alle anstarrten. Meine Angst kam wieder hoch auf dem langen Weg vom Tisch zum Tiroler Buffet und vom Tiroler Buffet zum Tisch. Das provokative „Ssst!" meines Schreiberlings verstand ich erst beim dritten Mal, schloss mein Hosentürl und setzte mich nieder.

Der Abend im Brixener Lesekreis verlief vergnügt. Wie jeden Abend wurden nach dem Abendessen die gemeinsamen Aktivitäten des nächsten Tages, die wir immer in Gruppen unternahmen, ausgiebig besprochen. Ich kündigte in der Runde für den nächsten Tag, den 13. August 2013, ein ausgiebiges Krafttraining in einem weiter entfernten Fitness-Center an, das ich wohl alleine machen würde. Mein schlauer Schreiberling verkündete dann am Tisch lautstark, dass er morgen an einem weiter entfernten Golfplatz abschlagen würde und das wohl alleine machen würde. Bei seinen Fähigkeiten ist es eh kein Wunder, wenn keiner mitkommt.

Am nächsten Morgen warteten wir, ich und mein ängstlich-verbeulter Schreiberling, wie vereinbart im Zimmer, bis alle aus unserer Runde zu ihren Touren aufgebrochen waren. Wir trafen uns entspannt angespannt zum Frühstück und anschließend pünktlich um 10:00 vor dem Hoteleingang.

Die Hohe Salve hinter Brixen hoch aufragend mit ihrer markanten Kegelform oberhalb der Baumgrenze lag bereits vom Hotel aus gut sichtbar vor uns. „1.828 m ü.A.", las mein wie immer gut ausgerüsteter Schreiberling vor, „das wird echt mühsam anstrengend." Die – wie ich betonte – extrem leichte Truhe samt Rolle und Kamera hatte im großen Rucksack meines kräftigen Schreiberlings gut Platz. Mein Caddy mit Handicap hatte zwei Golfschläger dabei, „Wanderstockschläger", wie er bei meinem abfälligen Blick erklärte.

Den Anmarsch durch das Dorf über die Dorfstraße hatten wir unauffällig hinter uns gebracht – oder besser hätten wir, wenn da nicht mein Schreiberling mit seinen Wanderstockschlägern klackend und alle paar Meter mit seinem 5er-Eisen einen Abschlag demonstrierend neben mir gestackst wäre. Fremdschämen sei hier als Hilfszeitwort zu interpretieren.

Wir erreichten endlich den hier noch leicht ansteigenden Wald. Über dem Gipfel sammelten sich erste dunkel quellende Wolken. „Keine Angst, ich habe ja zwei Blitzableiter dabei", belustigte sich mein extrem lustiger Schreiberling samt Eisenschläger über meinen sorgenvollen Blick nach oben.

Der Wald dampfte. Schweigend stampften wir dahin. Ich war froh, dass ich beim Frühstück meinem Schreiberling alle Wanderkarten samt Routenvorschlägen zerknüllt hatte. „Wo geht es hier weiter?", fragte er in diesem Moment orientierungslos, während sich genau ein schmaler Weg geradeaus entlang eines lieblichen Baches schlängelte. „Geradeaus in die Zukunft", sagte ich und konnte ein Kopfschütteln nicht vermeiden. Mein Kopf tat weh. Eigentlich das Stechen in meinen Augen. Ich konnte mich an keine Details des erkenntnisreichen Vortages erinnern.

Das sanfte Moos verbreitete einen angenehmen flüchtigen Duft. „A proposss", fiel mir ein, „was heißt eigentlich ‚tangere'?" „Keine Ahnung" – dock – „hat vielleicht irgendwas mit ‚Tango' zu tun ...", meinte mein Schreiberling mit einem Hüftknick, während er mit dem 5er-Eisen ein Bockerl an den nächsten Baum knallte. Dieser knallte das Bockerl zurück an seinen Kopf. „...oder mit ‚Tanga'!" Wir verharrten kurz mit einem phantasievollen Lächeln.

Ich zog mein Handy aus der Jackentasche und tippte im Gehen in den nächsten fünf Minuten „Latein tangere" – zugegebenermaßen mit sehr häufiger Verwendung der Backspace-Taste – in die Google-Leiste ein. Mit einem Gefühl der Genugtuung snippte ich auf das Los-Icon. „Keine Netzwerk-Verbindung", stand da auf meinem Schmarrnphone. „Der Rucksack wird echt mühsam schwer", jammerte mein jämmerlicher Schreiberling. „Jammer nicht, schau lieber das Wort im Wörterbuch nach", sagte ich gelangweilt und reichte ihm süffisant mein Handy. Er tippte unbeholfen. „Tangere – Verb Infinitiv – berühren, anfassen – und auch schlagen, stoßen, töten", las mein Lateiner im nächsten Augenblick von meinem Handy ab. „Und cool, Super-Empfang hier am Berg", fügte er noch hinzu. Ich nahm das Handy ungerührt und steckte es wieder in meine Jackentasche.

Es knackte unbehaglich im Gehölz. Erste Nebelfetzen zogen auf. Und letzte Sonnenstrahlen schimmerten blass durch die glitzernden Nebeltröpfchen. Mein schwächelnder Schreiberling verlangte eine Pause. Ich musste ihm noch dazu helfen, sein – wie ich betonte – extrem leichtes Rucksäckchen samt Truhe abzusetzen. Offensichtlich waren wir von dem halbstündigen Marsch schon arg geschwächt. Der Rucksack wirkte für mich beim Absetzen tatsächlich extrem gewichtig. „Du solltest mehr trainieren und weniger rauchen", argwöhnte ich, während sich mein schwächlicher Schreiberling eine anzündete. Wir blickten ins Tal – vorbei an den Rauch- und Nebelschwaden. In der Ferne am Berghang gegenüber tauchte schemenhaft eine Hütte auf. Die Steinerhütte erweckte schemenhafte Erinnerungen in mir. „War gar nicht leicht, den Krampen aus dem Balken herauszuziehen und den doppelten Anhang x hoch zwei zu vergraben", murmelte mein Schreiberling fast unverständlich mit der Zigarette im Mund. Wir schwiegen. Ein Nebelschleier verdeckte die Erinnerung. Die ganze Last unseres Schicksals drückte auf mein Herz und mein Gewissen, und die Last der Truhe wieder hochgehievt auf den Rücken meines schwächlichen Schreiberlings. „So – Abmarsch!"

Der schmale Weg wurde steiler. Das feuchte Unterholz verbreitete einen modrigen drängenden Duft. Im steilen Gelände tauchten plötzlich knapp vor uns im Nebel drei spielerisch hüpfende Kinder auf. Ein kleines liebliches Mädchen mit blondem glatten

Haar, ein etwas größeres, liebliches Mädchen mit hellbraunem glatten Haar und ein etwas größerer lieblicher Junge mit blondgelocktem Haar. Sie näherten sich unwirklich lautlos hüpfend. „Hallo Harry, hallo Joe, Hexenwasser macht uns froh", sprangen sie, ein liebliches Kinderlied singend, an uns vorbei. Ich hielt verdutzt an. „Die Kinder haben unseren Namen gesungen, hast du das gehört?", stammelte ich. Mein gehandicapter Schreiberling sammelte gerade sein x-tes Bockerl und schlug mit dem Driver ab. „Welche Kinder? Jaaa – 130 Meter weit!" Ich drehte mich um – die lieblichen Kinder waren mit einem ersten leisen unerklärlichen Donnergrollen entschwunden. „Es waren 13 Meter, fast", merkte ich das Unerklärliche unerklärt zurücklassend herablassend an.

Die Unwirklichkeit wirkte wie eine beschauliche Wanderung im kälter werdenden Herbstnebel. Regentropfen mischten sich in die feuchte Brühe und gemischte Gefühle in meine ungeordneten Gedanken. Salvator. Ewig. Die Rolle. Verdammt, welche Rolle sollte da die Kamera in meinem ewigen Leben spielen. Mit einem mulmigen Gefühl wurde mir in diesem Augenblick die fundamentale Bedeutung dieses steinigen Weges nach oben bewusst. Ein Donnerschlag durchbrach meine losen Gedanken.

Mein Lastenträger schnaubte jetzt bei jedem seiner unsicheren Schritte. Im nächsten Augenblick rutschte ich mit meinen glatten Turnschuhen auf dem glitschigen Boden aus – und landete mit meinem Gesicht weich in der triefenden lehmigen Erde. „Kruzifix!", entfuhr es mir ungewohnt. Mein gewichtiger Schreiberling half mir im rutschigen Gelände mühsam auf die Beine – und starrte mir ins Gesicht. „Du blutest ja!", stieß er hervor. Ich spürte nichts. Und tastete mein lehmiges Gesicht ab. Die Hände, sie waren rotbraun. Ich wischte meine Hände in das feuchte Gras und dann wieder über mein Gesicht. „Nein doch nicht – braune Erde!", mein Schreiberling prustete los, „du solltest dich sehen", er konnte sich kaum halten, „los, gib mir die alte Kamera, ich muss ein Photo von dir machen." Ich griff in die weiche Erde und drückte einen rotbraunen Erdpatzen in das verdutzte Gesicht meines blassen Schreiberlings. Und verschmierte ihn langsam ausbreitend. Das kindliche Gerangel mit schmutzverziertem Gesicht im steilen glitschigen Gelände wurde lebensgefährlich. Wir einigten uns auf ein schmutziges Unentschieden. Ich reichte meinem Schreiberling sicherheitshalber das Smartphone. Klick! Wir prusteten beim Anblick des Selbstportraits beide drauf los und klatschen ab. „So – Abmarsch!", drängte ich. „Du wiederholst dich", ergänzte mein Sherpa.

„Kruzifix", fiel mir noch ein. „Los, Schmutzfink, sieh ‚Crucem' nach", forderte ich kontextlos, „das heißt wohl Kreuz, oder?" Mein Lateiner wischte den Schmutz am Display hin und her und vermeldete ein Ja, „aber vierter Fall, oder wie wir Lateiner sagen: Akkusativ – der Akku ist im Übrigen bald hinüber." Ein Blitz zuckte am Himmel und wir zählten kurz im Chor „einundzwanzig, zweiundzwanzig, dreiundzwanzig, vierundzwanzig, fünfundzwanzig, …, neunundzwanzig, zehnundzwanzig, elfundzwanzig, zwölfund." Es grollte harmlos, ich war beruhigt.

Eine schmale Brücke ohne Geländer im steilen Gelände führte nun über den rauschend in die Tiefe plätschernden Bach. Mein Rucksack samt Schreiberling vor mir wankte kurz auf den schmalen Balken, sodass ich zum Schutz meiner Truhe den schweren Rucksack balancierend umfasste. Mein vorangehender Schreiberling schrie jäh auf: „Der Bach, der Bach!" Ich starrte wankend in die Tiefe. Das Wasser, es war blutrot. In Panik trieb ich meinen Rucksack mit Füßen vor mir her über die nassen Balken. Und stürzte ihn mit einem gestoßenen Sprung auf die andere Seite der schmalen Brücke. „Ich will hier weg, ich will hier weg!", schrie mein Schreiberling am matschigen Boden liegend, ich oben drauf. Ich fasste einen am Boden liegenden Stab und rappelte mich hoch. Der Stab hatte ein wohlgeformtes dickeres Ende, Ich reichte ihm das andere ebenso wohlgeformte Ende. Ich lehnte mich rücklings gefährlich über den steilen Abgrund und zog den Rucksack samt Schreiberling mit aller Kraft hoch. Und schrie ihn mit aller Kraft an, dass er sich beruhigen solle: „Du hast doch nicht erwartet, dass wir hier Gänseblümchen pflücken!" Mein einfach gestrickter Schreiberling hatte das zwar nicht verstanden, gab sich damit aber zufrieden und atmete nickend kurz durch – und starrte auf den Stab, den wir beide noch zugkräftig in der Hand hielten.

„D'', d', d!", stotterte er plötzlich. „Was?", schrie ich ihn an. „D'', d', daaa!" „Waaas?" Er zitterte. „D'', d', daaas ist ein Knoooochen!", schrie er wie wahnsinnig. Ich starrte auf den Stab: „Ein Knooochen! Laaasss los – neeein, lasss nicht los!" Mein Schreiberling ließ los – und packte mich im letzten Moment an meiner Jacke. Mit aller Kraft schleuderte ich den wohlgeformten Oberschenkelknochen rücklings in die Tiefe. Wir wankten kurz aneinandergeklammert über dem Abgrund.

„Reiß' dich zusammen!", schrie ich. Mein feiger Schreiberling zitterte am ganzen Körper. Er griff in seine Jackentasche und zog einen großen Flachmann heraus. Mit zittriger Hand schüttete er einen großen Schluck in sich hinein. „Das war ein Knooochen!", blubberte er angeekelt, ohne von der Flasche abzusetzen. „Gib her!", forderte ich ihn auf, obwohl ich beileibe keinen Alkohol vertrug. Mit fast ruhiger Hand schüttete ich einen großen Schluck in mich hinein, und zitterte ein wenig vor Kälte. „Ja, das war ein Knochen", antwortete ich trocken, ohne von der Flasche abzusetzen. Wir wiederholten die Szene mit der Flasche nochmals. Regen prasselte auf uns herab. Und es roch nach abfälliger Verwesung. „So – Geh'ma!", forderte ich ohne Wortwiederholung.

Ich schob meinen feigen, alkoholgestärkten Schreiberling mit seinen Wanderstockschlägern und profiltiefen Bergschuhen den steilen glitschigen Weg bergauf vor mir her. Und klammerte mich profillos beschuht immer wieder an seinen Rucksack. Meine Besessenheit kehrte zurück: „Wir wissen zwar nicht, was wir tun, aber wir müschen es tun", erklärte ich ihm, während er mir ohne zurückzublicken den Flachmann reichte. „Und ich schreite voran in die Tschukunft", rief mein Schreiberling euphorisch – und stolperte über ein Wurzel, „Oppsch – beinohe g'foin!" „Obscherva! Los – schau noamoinau nooch", forderte ich meinen Stolperling auf und präzisierte „Obscherva!" Ohne zurückzublicken griff er im Gehen nach hinten und ich reichte ihm das Schmartphone. „Lalaa, akkuaus", er reichte es wieder zurück. „Beachte! Aschterixsch, Seite X!" Ich verstand nix. „Obscherva heischt – Beachte!", lallte er lehrmeisterlich. „Na waaas, wasch scholl ich beachten", entgegnete ich. „Na nix. Beachte! Weiß ich vom Obeliksch." Ich verstand nix. Es roch ekelig nach Verwesung, und nach Fusel. Das herumliegende, wohlgeformte Unterholz beachteten wir nicht.

Ein kräftiger Wind blies durch die Bäume und trieb kräftigen Regen vor sich her. Wir erreichten endlich die Baumgrenze. Ein Blitz zackte am Himmel und ein Donner knallte auf uns nieder, ohne dass wir zu zählen beginnen konnten. „Es könnte doch ein Gewitter kommen", drehte sich mein meteorologisch gebildeter Schreiberling zu mir um und wankte kurz vornüber. „Oder ein Regen", ergänzte ich mitwankend und wir zerkuderten uns. Wankend lehnten wir uns beide – synchron – an einen jeweils neben uns in der Erde steckenden weißen Pfahl. „Dasch ist ein Krutschem – Cruucem", fiel mir beim verschwommenen Anblick der zwei Schreiberlinge anmerkungsweise ein. „Das heischt Kruksch – Cruux – is' Noominatiiv!", meinte einer der beiden instruktiv. Wir verharrten kurz wortlos regungslos schwankend mit der Hand auf die zwei weißen Pfähle gestützt.

Nur verschwommen nahm ich die beeindruckende Kegelform der Hohen Salve hinter meinem schwankenden Schreiberling wahr. Ganz oben war ein mächtiges Kreuz erkennbar. Mit geöffnetem Mund senkte ich den Blick langsam vom Gipfel hinab den mächtigen Kegel entlang herunter auf meinen Schreiberling. Meine stützende Hand begann, wohl vor Kälte, zu zittern. „D'', d', d!", stotterte ich hervor. „Wasch?", schrie mich mein Schreiberling an. „D'', d', daaa!" „Waaas?" Ich zitterte durchnässt vom Regen.

„D'', d', daaas ist ein Kreeuuutsch!", schrie ich wie wahnsinnig, „Das siiind taauuusende Kreuze!" Wir starrten beide – synchron – auf unsere stützenden Hände, ließen beim Anblick der weißen Kreuze los und kippten in die matschige Erde. Ich rappelte mich hoch, oder besser: wollte, schaffte es aber nur auf alle Viere. Und spürte in meiner Hand einen wohlgeformten Stab. „Ich will hier weg, ich will hier weg", schrie ich besinnungslos und kämpfte mich wie wahnsinnig im Matsch auf allen Vieren wankend zu meinem Schreiberling vor. Der packte mich an der Jacke und schrie mich an: „Reiß' dich zusammen, Gänscheblümschen!" Ich verstand und nickte. Er reichte mir den Flachmann. Ich nahm einen großen Schluck, er nahm einen großen Schluck, und wir wiederholten die kurze Szene mit der Flasche noch mal.

Noch immer auf allen Vieren in der matschigen Erde kniend starrten wir die Bergspitze hinauf. Der ganze mächtige Kegel war mit weißen Kreuzen übersät. „Naja, ein friedlicher Kegelhof", äußerte sich mein Schreiberling beruhigend. „Und sön weisch", ergänzte ich. Wir lachten verrückt. Und fokussierten dann unsere Augen langsam auf das knapp vor unserer Nase stehende weiße Kreuz mit einer kleiner runden Tafel. „Harry T., 2. Mai 1999", las mein Schreiberling lallend vor und starrte mich an. Es war mucksmäuschenstill. „So ein Zufall – Namensgleichheit", pruste-te ich los und wir zerkuderten uns. Ich sprang auf, riss die Hände in die Höhe und schrie besessen: „Auf in die Kutschuunft – Abmaaarsch!" Mein Schreiberling mit seinen Golfschlägern befreite sich mühsam von seinem Rucksack, sprang auf, riss seine Eisenschläger gefährlich in die Höhe und schrie „Wir kooomen, du halbe Sooolve!" Ein mächtiger Blitz zuckte über der Spitze der Hohen Salve und ein ewig langer Donner hallte über uns hinweg. Schwarze Wolken trieben im Kreis um den Gipfel.

Der Rucksack war kaum mehr anzuheben. Wir schnappten uns jeder einen Riemen und zogen ihn torkelnd, am glitschigen Boden schleifend bergan hinter uns her. „Im Frühtau, zu Berge, wir ziehen, valleraa", stimmte mein Schreiberling stimmungsvoll ein

Liedchen an, „die Truhe und die Rolle und die Kammalleraa", stimmte ich krächzend mit ein. Wir steigerten uns mit dem nächsten Liedchen: „Und wer im Jänner gestooorben ist, steht auf, steht auf, steht auf!" „Na coool", hielt mein Duettpartner inne, „die machen mit!" Schwarze Gestalten richteten sich neben den weißen Kreuzen auf – nicht viele, aber doch einige. Wir schrien zeitgleich los und stürzen vorne über. Eine zeitlang lagen wir da mit den Händen vor Augen. Mein Schreiberling schielte durch seine Finger. „Da schteht – ‚Schifgried Schteiner, 12. Auguscht 2012'", schrie er mir im Liegen kudernd mit Blick auf das vor ihm stehende Kreuz zu. „Bei mir schteht ‚Schinom Hevithal, 12. Auguscht 2012'", ich konnte mich vor Lachen nicht halten, „Schickschal – wir schind erst beim Jänner." „Und weer im Feber gestooorben ist, …"

Mir fehlt für ein paar Sekunden – oder Minuten – die Erinnerung. Irgendwie habe ich das Gefühl, dass wir nicht mehr nach unten konnten, dass da schwarze Gestalten näher kamen, und dass es uns nach oben trieb. Doch an das, was danach folgte, erinnere ich mich ganz genau.

Mir war speiübel. „Mir is' schbeiübel", bestätigte auch mein extrem torkelnder Schreiberling. Regenschauer prasselte am Gipfel auf uns herab, sodass wir unsere Augen nur halbgeöffnet schützen mussten. Vor meinen halbgeöffneten, stechenden Augen tauchte plötzlich eine weiße Gestalt mit einem wallenden Umhang auf. Mit einem Mal war der stechende Schmerz entschwunden und gelöste Gedanken ordneten sich in wunderbarer Weise in mir. Die schwarzen Gestalten unter mir streckten mit einem höllischen Gejöhle ihre sich verflüchtenden Arme nach uns aus.

Wie in Trance öffnete ich den großen Rucksack. Federleicht hoben wir, ich und mein nun extrem ahnungsloser Schreiberling, die Truhe aus dem Rucksack. Ich öffnete – torkelnd – die Truhe. Die ganze Wahrheit entstieg der Truhe. Die Rolle, sie verkündete den Transformationsprozess. Sie enthielt das ganze Geheimnis: Alles beruhte auf einem einzigen Fehler. Die Kamera, sie war offenbar der Schlüssel. Sie war auf wunderbare Weise mit dem Leben und dem Tod verbunden. Nur sie wusste den Beginn – und das Ende. Und doch hatte sie einen Fehler. Einmal, alle fünfhundert Jahre. Dieses eine Bild. An diesem einen Tag. Es zeigte einmal das falsche Datum, um fünfhundert Jahre voraus. Der Erlöser, er wird erlöst. Indem er abdrückt. Und wir werden die nächsten sein.

Die weiße Gestalt reichte mir die Hand entgegen – mit einem Bild des Salvators, das im heftigen Regen aussah wie die ewige Mutter Gottes und das im nächsten Augenblick mit einem heftigen Windstoß davonflog. Ich reichte ihr die Kamera. Wir stellten uns schon mit einem etwas alkoholgetränkt photogenem Grinsen neben das Gipfelkreuz. Und die weiße Gestalt schritt einige Schritte weg von uns. Der Erlöser hob die Kamera mit dem Finger am Auslöser – und setzte die Kamera nochmals ab.

„Auserwählte, Ihr seid auserwählt. Das Bild des ewigen Lebens. Es wird euch das ewige Leben geben. Ihr seid die nächsten auf dem hohen Gipfel des ewigen Lebens", verkündete die weiße Gestalt pathetisch – mit einer derart lächerlich hohen Stimme, dass wir zeitgleich einen kurzen Atemstoß durch unsere Nasen ausstießen. Es war mucksmäuschenstill. Wir schüttelten uns mit angespannten Bauchmuskeln und gepresstem Mund. Wir konnten uns nicht mehr halten und brachen in ein unvorstellbares Gelächter aus. Schluckauf überkam mich. Ich konnte mich nicht mehr halten. Ich konnte mein Frühstück nicht mehr halten. Ich musste mich in einem unvorstellbaren Bogen nach vorne übergeben – und mich dabei an das Kreuz anhalten.

Das Kreuz. Crucem. Tangere. Observa. Non! Das Kreuz knarrte. Und kippte mit einem unvorstellbaren Krächzen vorne über. Exakt auf …

Ja – das ist mein Geständnis: Wir haben es verbockt.

„Du hast es verbockt", flüsterte mir mein extrem naiver, hinterhältiger Schreiberling beim Abendessen zu. Es wurde ein vergnügter Abend im Hotel. Wie immer planten wir danach die Aktivitäten für den nächsten Tag, die wir immer in Gruppen unternahmen. „Wir könnten morgen mal alle gemeinsam auf die Hohe Salve gehen…"

6. Noch ein Buch

Abspann

von

Harry T. (Kultautor)

und Joe B. (Schreiberling)

(2015–2017)

Vorwort

Sie haben sicher gedacht, das war's jetzt. Entspannen Sie sich – es gibt noch ein Buch – ein spannender Abspann.

Sie werden sich nun fragen, warum ein Abspann? Bei dem Werk kann doch kein weiterer vernünftiger Mensch mitgemacht haben oder urheberrechtliche Ansprüche stellen oder gar Danksagungen wünschen. Außerdem beachtet das langweilige Anhängsel mit Rolltitel heute ohnehin keiner mehr.

Sie sagen es! Das inszenierte Durcheinander der erzählten, irritierend unfrei erfundenen Geschichten soll hier nochmals unauffällig aufgerollt werden, eine Art geheimes Making-of des Werkes. Denn: Dass sich dahinter ein großes Geheimnis verbirgt, brauche ich ja wohl nicht mehr großartig erwähnen. Nein, vielmehr werden Sie jetzt alles erfahren. Und: Ich habe jetzt keine Angst mehr. „Wir haben jetzt keine Angst mehr", murmelt da mein neben mir sitzender Schreiberling bei seiner vierten Tasse Kaffee. Sicherheitshalber blickt er sich dabei in der Hotellobby argwöhnisch um. Wir haben alles perfekt arrangiert.

„Der 'chattenmann" (2009, 3 Seiten), „Fegefeuer" (2010, 12 Seiten) und „Ewig" (2011, 24 Seiten) waren in Vergessenheit geraten. Und die Aufregung über das 4. Buch „Schodaun" (2012, 16 Seiten) hatte sich gelegt. Aber das 5. Nicht-Buch, der „Epilog" (2013, 20 Seiten), hatte Wirkung gezeigt. Nämlich wie erwünscht keine. Wir haben es ja verbockt und aus. Das hat uns ein Jahr Zeit für geheime Vorbereitungen gegeben.

Der Sommer 2014 war abwechslungsreich: Es schüttete in Strömen, Starkregen und Regenschauer wechselten sich ab. Gelegentlich gab es dann sogar Dauerregen. So nebelig verregnet der Sommer war, so vernebelt waren unsere Ideen. Das war gut so: Der Nebel schützte uns vor unseren Gedanken. Und die Angst vor Entdeckung verlor sich zeitweise in düsteren Nebelschwaden.

Das Jahr 2015 war ins Land gezogen. „Es wird ein bedeutendes Jahr werden, für die Menschheit, für die gesamte Literaturgeschichte", verkündete ich meinem Schreiberling pathetisch am Jahresanfang. Schon unsere perfekt koordinierte Vorbereitung für den Abschluss war ein Meisterwerk für unser Meisterwerk. Damit Sie sehen, wie die Meister arbeiten – hier der lehrreiche Kommunikationsaustausch in voller Länge:

SMS von Joe B., 15. March 2015:
"Harry, Harry – hörst Du mich?"

E-Mail von Harry T., 15. March 2015:
"Joe, Joooe – wann meldest Du Dich?"

WhatsApp-Message von Joe B., 15. April 2015:
"Konnte Dich bisher nicht erreichen – zur Erinnerung: wir haben Null!

Facebook-Thread von Harry T., 15. May 2015:
"Wo steckst Du? Wollte Dich nur erinnern, wir haben Null Komma Nix!"

Und dann Brixen. Brütende Hitze flackert durch das Thal. Hoch oben auf den Bergen über glitzernden Bergseen brüten herannahende Gewitter, die sich jeden Tag in wohltuend frischer Bergluft auflösen. Sommer! Und wir brüten über das Ende, das sich immer wieder in heiße Luft auflöst. Doch das Ende ist nah und fern zugleich. Sie werden das gleich verstehen.

Ihr Harry T.
Brixen/Wien, 2015

p.s.
Mein Schreiberling Joe B. hat inzwischen seinen Namen wieder auf den ursprünglichen geändert – den Teil „hinter dem B.". Das Nicht-Sichtbare sei zu auffällig gewesen und hätte seiner selbstgewählten literarischen Anonymität geschadet. A propos Schaden: Für den geistigen Schaden, den diese Ausführungen angerichtet haben, übernehme ich keine Verantwortung, gleichwohl danke ich schadenfroh dem mitverantwortlich Ausführenden – ich trage die Last nicht alleine.

91

2. Vorwort

Sie haben sicher gedacht, das war's jetzt, das mit dem Vorwort. Entspannen Sie sich – es gibt noch ein zweites Vorwort.

Sie werden sich ungefragt fragen, warum 2017. Also, warum unser Buch erst 2017 erschienen ist.

Hier müssen wir zuerst mal in das Jahr 2016 (aus Ihrer Sicht) zurückkehren und an die kreative Intensivendphase erinnern:

> *Technikfreier Dialog, Brixen, 15. August 2016 (aus Ihrer Sicht):*
> *"Du, Harry – wie wird das enden?"*
> *„Wie, was enden?"*
> *„Na das, Du weißt schon!"*
> *„Ach das – ich dachte, Du hast das erledigt!"*
> *„Wie, was erledigt?"*
> *„Na das mit dem, Du weißt schon!"*
> *„Ach das – ich dachte, Du denkst und ich tippe!"*
> *„Ach was, tippe einfach mal ein ‚B'!"*
> *„Beeindruckend – das gefällt mir!"*

Das Jahr 2016 endete gedankenvoll unvollendet. „Ja, das ist gut – 2017 ist eine Primzahl", verkündete mein Schreiberling euphorisch Anfang 2017, „das ist schon mal ein guter Anfang!" Das war zwar primär sekundär, aber immerhin motivatorisch völlig belanglos für das naheliegende Ende.

Und dann endlich Brixen! Endlos vollendet der schimmernde Horizont die sanfte Bergwelt. Unendlich gelassen bewahrt das flimmernde Thal den nicht enden wollenden Sommer. Und wir haben das unendliche Ende vollendet – es ist nah und fern.

Ihr Harry T.
Brixen/Wien, 2017 (aus Ihrer Sicht)

p.s.
Mein anonymer Schreiberling Joe B. hat das Undenkbare vollbracht – ich sage dankbar nur: „Quantenschaumpunktprojektion!"

Beeindruckend!

Wir hatten uns für 16:00 Uhr verabredet. „Beim Haupteingang! Habe ich dir doch dreimal gemailt", merkte ich verärgert an, nachdem ich dreimal den Stephansdom umrundet hatte. „Und ich habe dreimal den Stephansdom umrundet, weil ich keine SMS von dir bekommen habe", stammelte schnaufend mein Schreiberling samt Zigarette im Mund. Wie auch immer: Wir standen endlich gemeinsam vor der beeindruckenden Fassade des hoch in den Himmel aufragenden Stephansdoms.

Mein extrem peinlicher Schreiberling war, mitten in Wien, wieder mit seinem großen Rucksack unterwegs. Als ob ein kleiner Rucksack für die Truhe samt Rolle nicht gereicht hätte. Meine Kamera hatte ich wie immer in meiner rechten Jackentasche.

Wir standen – völlig entspannt – vor dem großen Portal. Und blickten wie die umstehenden Touristen interessiert nach oben. Jedenfalls mein naiver Schreiberling. Mich interessierte der Stephansdom nicht mehr. Ich hatte mich ein ganzes Jahr ausreichend mit seiner Geschichte beschäftigt. Mein Rucksacktourist neben mir blickte beeindruckt nach oben: „Beeindruckend, der Südturm ist exakt 136,4 Meter hoch. Er wäre so hoch wie der Nordturm. Aber der ist nicht da. Weil er ja nie fertiggestellt wurde." Genauso wie unser Buch, dachte ich mir kurz zu seinen unsagbar langweiligen Wikipedia-Ausführungen.

Ein leichter Nieselregen erfrischte unser Gemüt. Ich blickte auf die Uhr: Es war 16:16.

„Ich hoffe, du hast die Öffnungszeiten gecheckt", fragte ich meinen Schreiberling in Erwartung einer klaren Antwort. „Welche Öffnungszeiten?" Und wieder war der Moment gekommen, wo ich Ihn als Opfer in unserem Buch hätte verewigen können: „Ich sagte doch in meiner Facebook-Meldung, dass ich das mit dem Geheimnis des Stephansdoms kläre, und Du gefälligst das banale

Organisatorische klärst." „Wofür?", präzisierte mein Schreiberling seine Inkompetenz. Ich begann die ganze Geschichte von Vorne und beendete fünf Minuten später den klärenden Monolog: „Die Öffnungszeiten der Katakomben, du Jahrhundertereignis!!" „Na die habe ich ja ohnehin geklärt und dir in diesem WhatsApp geschickt: Die letzte Führung ist um 16:30!"

Wir starteten wie zwei Sprinter los! In Richtung – „Na in welche Richtung?", schrie verzweifelt mein orientierungsloser Schreiberling. Für einen Augenblick erstarrte ich. „Wie sich doch die Umgebung in den letzten Jahrhunderten verändert hat!", blitzte kurz in meinen Gedanken auf. „Ich habe keine Ahnung", stotterte ich. Wir umrundeten also im eleganten Laufstil (stellen Sie sich gerne meinen Schreiberling mit schweren Rucksack im stolpernden Schnellschritt vor), also präziser formuliert im eleganten Trampellaufschritt zum vierten Mal den Stephansdom.

Wir fanden uns um 16:30 wieder beim Hauptportal und drängten uns vorbei an der Masse zur Kasse. „Das macht 5 Euro pro Person", sagte die nette Dame an der Kasse. Bevor mein Schreiberling sein übliches „Könntest-mir-mal-schnell-5-Euro-borgen" sagen konnte, hatte ich schon den vorbereiteten 10-Euro-Schein übergeben und die Tickets in das Reich der Toten in meinen Händen.

Wir sammelten uns zu einer kleinen Gruppe beim Abgang in die Katakomben. „Wir sind 12", flüsterte mir mein Schreiberling zu, der immer alle Gruppen zählte. „Mit dem Totenführer dann wohl 13", ergänzte er. Mir machte die geringe Anzahl Sorge.

Ein älterer, weißhaariger Mann, der mit seiner Plankette gleich als Fremdenführer erkennbar war, näherte sich der Gruppe. Er stellte sich vor – mit einer eigenartig kraftvollen Stimme – und entschuldigte sich gleich für das späte Erscheinen. Wir kicherten kurz, war doch die kraftvolle Stimme höher als gewohnt. „Mein Name ist Leviathan Minos. Ich bin Archäologe und damit weniger mit der kirchlichen Oberwelt befasst, als vielmehr mit den geheimnisvollen, alten Schätzen unter der Erde." Eine gewisse Besessenheit klang hier durch. „Ich darf Sie nun in die düstere Unterwelt begleiten. Bleiben Sie bei der Gruppe, damit Sie nicht in den weiten Gängen verloren gehen und zwischen den Gebeinen übernachten müssen", verkündete der kauzige Katakomben-Guide als Einstiegsgag. Und lachte gleich selber zu seinem Gag, während die meisten Teilnehmer der Führung verängstigt schwiegen. Unser geniales Konzept sah genau dies vor.

Der Führer setzte sich eine Stirnlampe auf und blickte auf die Uhr. Es war bereits 16:40. Ich war erleichtert. Er hatte es anscheinend eilig und vergaß auf das Abzählen der Gruppe. „Kommen Sie weiter – in das Reich der Toten!" Er hob seine globige linke Hand, an der deutlich ein eitriger Daumen erkennbar war. Es sah so ekelhaft aus wie seine ganze aufgedunsene Erscheinung.

Der Führer merkte an, dass nur ein kleiner Teil des weitläufigen unterirdischen Katakombensystems zugänglich sei. Wir nickten einander zu. Die Gruppe setzt sich langsam in Gang und folgte dem schlürfenden Gang des kauzigen Guides durch einen dunklen, matt beleuchteten Gang. In einigen Nischen links und rechts stapelten sich wohl geordnet wohlgeformte Knochen – Oberschenkel, Unterschenkel, Oberarme, Unterarme, einige Handknochen. Darüber lagen modrige Holzplatten. Und darüber Schädel, die ungeordnet in alle Richtungen starrten. Ein Schädel starrte mit stechend hohlen Augen auf mich.

Wir bemühten uns – mit ganz kleinen Schritten – den Abstand zur Gruppe zu vergrößern. „Kommen Sie weiter, meinen Herren dahinten", rief uns der Kauz zu. „Bravo, das war geniale Absonderungstechnik, lieber Sonderling", flüsterte mir mein trippelnder Schreiberling zu. Ich ignorierte ihn und nickte dem Führer artig zu. Wir schlossen auf und lauschten seinen Ausführungen. Oder besser: wir taten so, als ob.

„Die erste spätromanische Erbauung des Stephansdoms im 12. Jahrhundert und die zweite Bauphase der frühgotischen Kirche im 13. Jahrhundert ist weitgehend ungeklärt", hallte es an meinen Ohren vorbei, „Die dritte Bauphase von 1304 bis 1511 ist durch eine Meisterleistung gotischer Zimmermannskunst gekennzeichnet. Der Turmunterbau mit der Kapelle war um 1477 vollendet. … Die Baueinstellung am Nordturm im Jahr 1511 markierte den Niedergang, angeblich aus finanziellen Gründen, manche Sagen sagen, dass es Teufelshilfe war." Ich horchte auf. „Bis zum 17. Jahrhundert wurden unter dem Dom nur einzelne Grabkammern für bestimmte wohlhabende Familien angelegt. Erst später wurden ausgedehnte Grufträume und Gewölbe errichtet, um höhere Bestattungsgebühren zu lukrieren …" Der ahnungslose Führer hatte das Jahr 1515 nicht erwähnt. Ich nickte meinem Schreiberling zu. Er hob unverständlich beide Hände. „Das Datum", flüsterte ich ihm zu. „15. 8. 2015", flüsterte er zurück. „Nicht das heutige, du Hohlkopf. Er hat das Datum nicht erwähnt", zischte ich lauter. „Welches Da…" „Pssssst!", zischte uns eine fette unsympathische Frau dazwischen und deutete auf den Führer, der inzwischen im 20. Jahrhundert angelangt war: „…wurde der Stephansdom 1945 schwer beschädigt und 1948 feierlich wieder eröffnet. So – kommen Sie nun weiter."

Die Gruppe bewegte sich – mit wohligem Schauder – enge Stufen hinab einen Stock tiefer und versammelte sich schließlich in einem düsteren, runden wohnzimmergroßen Raum. „Der Raum ist wohnzimmergroß", flüsterte mir mein Schreiberling zu. „Und wie groß ist wohnzimmergroß?", musste ich ihm wohl oder übel präzisierend erwidern. „Na meines ist 10 Quadratmeter groß, glaube ich, oder doch kleiner", antwortet mir der Schreiberling, offensichtlich Besitzer eines Zwergenschlosses. „Wie konnte ich diesen kuriosen Begleiter nur so lange Zeit ertragen?", dachte ich mir noch abwesend, während ich bereits die geöffneten Ausgänge des exakt 25,15 Quadratmeter großen Raumes begutachtete. Jeder Ausgang war exakt 80 Zentimeter breit und exakt 180 Zentimeter hoch. Die Ausgänge waren genau in alle vier Himmelsrichtungen ausgerichtet. Dahinter war absolute Finsternis erkennbar. „Es gibt vier Ausgänge", flüstert mir noch mein aufmerksamer Schreiberling zu.

„Bleiben Sie jetzt alle zusammen, nah bei mir", rief der kauzige Guide der Gruppe zu, „sonst finden Sie nicht mehr aus dem Reich der Toten heraus." Die Gruppe folgt ihm schweigend in den dunklen Ausgang nach Osten. Wir ließen höflich die letzten der Gruppe vor. „Los geh vor", forderte ich dann meinen Schreiberling im nun finsteren Raum auf. Ich hörte vor mir ein kurzes Tock meines 189 Zentimeter großen Schreiberlings und lächelte. Wir trampelten in dem 180 Zentimeter hohen Gang nach einigen Metern kurz am Stand und bewegten uns leicht gebückt rückwärts schreitend wieder in den nun stockfinsteren wohnzimmergroßen Raum.

Ich blieb fünf Minuten gelassen stehen und hörte meinem noch im Gang befindlichen, wohlorganisierten Schreiberling beim Kramen in seinem Rucksack zu. Ich atmete in der Finsternis durch. „Sie befindet sich in meiner linken Jackentasche", meinte ich dann lapidar, zog meine Taschenlampe aus der linken Jackentasche und knipste sie an. Mein Schreiberling richtete sich erfreut auf – Tock – und schritt endlich rückwärts aus dem Gang. Ich ignorierte ihn grinsend: „Wir müssen nach Süden." „Ich habe Kopfweh", erwiderte der angesprochene Ignorant unpassend.

Mein Kompagnon nahm einen Kompass aus seiner Hosentasche und deutete stolz auf den mit „S" beschrifteten Ausgang Richtung Süden. „Dort ist der Ausgang Richtung Süden." Ich ersparte mir jeden redundanten Kommentar und schwieg. Wir verharrten eine kurze Zeit angespannt lauschend. In der Ferne der schaurigen Unterwelt vernahmen wir leise ein Klatschen. Ich blickte auf die Uhr: 17:30. „Die Führung sollte jetzt zu Ende sein", dachte ich, überzeugt, dass wir nun alleine waren.

Wir verließen den wohnzimmergroßen Raum durch den Südausgang und tasteten uns im schalen Licht der Taschenlampe durch mehrere schmale Gänge, nach links und dann nach rechts, vorbei an ungeordneten Knochenhaufen, dann nach rechts, dann zurück und nach links, vorbei an geordneten Knochenhaufen, und nochmals links, wieder zurück und nach rechts, bis wir vor einem komplett vermoderten Holzverschlag stehen blieben. Das Navigationsgerät würde jetzt sagen „Sie haben ihr Ziel erreicht", dachte ich mir. „Sie haben ihr Reich erzielt", flüsterte mein origineller Schreiberling und kicherte. Wir räumten die lose übereinander gestapelten Holzbalken beiseite und gelangten in eine kapellengroße Kammer. Ich leuchtete mit meiner Taschenlampe über die reihum sorgfältig geschlichteten Gebeine. Oben drauf thronten zwölf, auf die Mitte des Raumes gerichtete Schädel. Sie würden ab Mitternacht für lange Zeit unser Geheimnis bewachen und bewahren. Ich blickte auf die Uhr: 18:00.

„Wir haben noch vier Stunden Zeit für ein Picknick, bevor wir mit der Arbeit beginnen", stellte ich erleichtert fest. Mein Schreiberling begann sofort, einen kleinen Klapptisch aus seinem riesigen Rucksack herauszuziehen, danach ein besticktes Tischtuch, danach eine Flasche Rotwein. Und zwei Plastikbecher. Und eine schwarze Kerze. „Und wo ist der Korkenzieher?", hätte ich beinahe gefragt. Er zog mit einem verschmitzten Blick auf mich zelebrierend langsam noch einen Korkenzieher aus dem Rucksack. Und dann noch ein schwarzes Packerl Zigaretten mit einem Totenkopf oben drauf. „Originell, nicht wahr?", merkte mein Schreiberling an und zog noch ein Feuerzeug aus dem Rucksack „Es besteht hier Rauchverbot", zischte ich ihn an, nahm ihm das Feuerzeug weg, zündete die Kerze an und schaltete mein Taschenlampe ab. Wir setzten uns auf den seit Jahrhunderten getrockneten Lehmboden.

„Erklär's mir!", sagte plötzlich mein naiver Schreiberling nach längerem Schweigen, während er den Wein unbeholfen in die Plastikbecher einschenkte. Ich schwieg. Oder besser: ich versank in geduldige Gedanken: Diese Geschichte habe ich ihm bei all unseren Reisen erzählt. Reisen? Ja, lange, mühsame Reisen. Ich wartete schweigend. „Erklär's mir!", wiederholte er dann endlich.

„Hast du die Kamera verstanden?", fragte ich ihn. „Na klar, du zielst auf eine Person, du drückst ab und am Photo steht das Todesdatum der Person!" „Na, und hast du dich nicht gefragt, wie das geht?", fragte ich nachfordernd. „Na keine Ahnung, eine geheimnisvolle Kamera eben", meinte er beinahe uninteressiert, „aber erklär's mir." Ich überlegte kurz, ob ich ihm gleich alles sagen sollte, alles, was ich zuletzt bei meiner Eingebung unter Starkstrom wieder gesehen hatte. Dieser Gedächtnisverlustige kann alles erfahren, denn er wird ohnehin erneut fragen, kam ich rasch zum Schluss: „Die alte Kamera ist sehr alt, aber auch wiederum nicht. Sie enthält einen Chip!" Mein Schreiberling holte ein Packerl Chips aus dem Rucksack. „Ein Computer-Chip wohl nicht", meinte er überrascht. „Doch!", entgegnete ich. „Es ist alles ganz einfach: Der Chip hat alles gespeichert. Jede Person. Jedes Gesicht jeder Person. Das Geburtsdatum. Und das Sterbedatum. Für jede Person, die seit 1515 gelebt hat. Es ist praktisch wie Ahnenforschung, digital eben." „Wie was digital?", unterbrach mich mein ahnungsloser Zuhörer. „Na digital, das mit der Kamera ist ganz einfach: Das Photo wird digital erfasst, dann läuft eine Gesichtserkennung und das am Chip gespeicherte Sterbedatum wird in das Photo digital eingearbeitet und dann auf den analogen Film aufgebracht." „Aah, alles klar", sinnierte mein Schreiberling mit beinahe euphorischer Lethargie, „so einfach ist das. Das ist ja fast genauso wie bei Photos auf Facebook."

Mein Schreiberling verstummte und starrte auf die hohlen Schädel reihum. Ich wartete auf die mir schon bekannte nächste Frage. Er schwieg noch länger, offenbar gedankenlos. Er griff langsam zum Weinglas aus Plastik, setzte einen Schluck an, und sagte dann plötzlich mit vollem Mund: „Und woher weiß der Chip das alles?" Rotwein sabberte auf sein Hemd. „Von dir!", antwortete ich auf die Frage vorbereitet. „Wie von dir?", fragte mein Schreiberling, während er sich Mineralwasser auf sein Hemd schüttete. „Nicht von ‚mir‘, sondern von ‚dir‘!“, erklärte ich und grübelte darüber, dass er offenbar von Reise zu Reise zunehmend sein ‚Ich‘ verlor, jedenfalls verminderte sich sein ohnehin geringes Auffassungsvermögen.

„Joe!“, sagte ich zu ihm. „Joe B.?“, fragte er noch, während er mit einer Serviette sein Hemd trocknete. „Ja, du hast die Kamera erschaffen. Du, Joe B.! Du hast den Chip erfunden. Du hast den Chip programmiert. Du hast den Chip in die Kamera eingebaut!“ Er blickte mit offenen Mund auf: „Wann, ich kann mich nicht daran erinnern?“ „2515!“ „Was heißt 2515?“ Ich wiederholte: „Zweitausendfünfhundertfünfzehn, das sagte ich doch, im Jahr 2515!“ Er schwieg, wie jedes Mal an dieser Stelle. Diesmal etwas länger. „Deine genialste Erfindung war nicht die Kamera und der Chip“, setzte ich ihm nun zu. Mein Schreiberling ribbelte verlegen an seinem Rotweinfleck, ohne aufzusehen. Fast ein wenig verärgert setzte ich fort: „Du mit deinen bescheuerten Erfindungen. Du hast den Raum gekrümmt. Das, was sie im 20. Jahrhundert als absurde Fiktion nur theoretisch untermauern konnten, hast du wahr gemacht. Du hast im Jahr 2515 den Raum durch Stabilisierung der Negativenergie im Quantenschaum gekrümmt und die Raumzeit mit 1515 verbunden. Es ist nun eine Zeitschleife.“ Ich selbst verstand das alles nicht, aber ich konnte es mit meinem klaren Verstand abrufen.

„Das klingt alles sehr vertrottelt“, meinte mein einfältiger Schreiberling selbstkritisch. Ich nickte zustimmend: „Vertrottelt passt wirklich gut, denn du mit deiner genialen Intelligenz verlierst von Reise zu Reise zunehmend deinen Verstand. Du hast einen genialen Plan entwickelt, um das gesammelte Wissen durch das Jahrtausend der Zeitschleife zu retten. Du hast alles auf der Rolle aus Pergament chiffriert notiert und ‚die Kamera, ich zitiere ‚als persistenten‘ rekursiven Daten- und Energiespeicher kontraktiert‘. Und du hast die Kamera und die Rolle immer wieder genial verschlüsselt versteckt – und das Versteck jedes Mal vergessen. Und ich war die längste Zeit damit beschäftigt, sie wieder zu finden. Eines Tages wirst du vergessen, wie wir in die Zukunft zurückkehren können."

Mein hohlköpfiger Schreiberling nahm einen Schädel und starrte auf die knöchernen hohlen Augen. Ich wartete auf die nächsten, mir schon bekannten Fragen, die ich im Stakkato beantwortete.

„Wieso 1515?" „Weil du nicht wusstest, ob du bei der Rückkehr in die Vergangenheit noch alles weißt. Also hast du Leonardo da Vinci ausgewählt, den berühmtesten Universalgelehrten aller Zeiten, dem du zugetraut hast, das alles zu verstehen." „Und hat er alles verstanden?" „Er hat jedenfalls alles aufgezeichnet, in Gemälden, und in Skizzen über Erfindungen, die damals ohnehin keiner verstand." „Aber warum 1515, da war er ja schon …", er zählte mit den Fingern, „63 Jahre alt." „Leonardo war 1512 für drei Jahre in Rom, bei Papst Leo X., so ein Zufall. Das habe ich dir doch im 3. Buch zur Erinnerung aufgeschrieben." Mein vergesslicher Schreiberling, der das selbst getippt hatte, schüttelt ahnungslos den Kopf: „Welches Buch?" „Na unseres, du hast selber vorgeschlagen, es ‚Ewig' zu nennen, die ewige Stadt", musste ich ihm wieder auf die Sprünge helfen, „Ich sage nur: Leoca, erstes und zweites Photo. Im Sommer 1515 wurde die Rolle dann im wohl berühmtesten Dom sicher deponiert. Und dann ist Leonardo abgereist, mit der Kamera im Gepäck." „Und dann ist er 1519 gestorben", setzte er nachdenklich nahtlos fort.

„Und dieser Simon Hevithal?", fragte mein zunehmend interessierter Schreiberling durchaus passend. „Er ist einer deiner Wächter, oder besser: er war dein Wächter." „Mein Wächter – Wächter wofür?" „Für die Kamera. Und für die Rolle. Und für dich. Du hast dir eine Menge Feinde in der Vergangenheit und in der Zukunft gemacht. Sie wollen die Kamera mit dem Chip für ihre Machenschaften, für die Weltherrschaft, sie wollen damit die gesamte Menschheit beherrschen. Und sie wollen die Rolle, um die

Zeitschleife zu verstehen und für sich zu nutzen. Sie glauben, dass sich dahinter das Geheimnis des ewigen Lebens verbirgt."

„Und woher wissen sie überhaupt von dem Geheimnis?", fragte ich nun gleich selbst seine nächste Frage vorwegnehmend, ignorierte seine Frage, woher ich seine nächste Frage wüsste, und beantwortete gleich seine Frage, ohne abzusetzen: „Simon Hevithal hat die Seiten gewechselt. Er hat immer wieder Details an machtgierige Clans für viel Geld weitergegeben. Dieser verdammte Steiner, er hätte es beinahe geschafft, das Geheimnis zu lüften." Ich musste schmerzverzerrt an das verdammte „S" denken, dieses verdammte „SS".

„Und der Erlö'er, der auf der Hohen 'alve?", ätzte plötzlich mein lispelnder Schreiberling. Ich ließ mir nichts anmerken: „Du meinst Leonardo dV, Leonhard der Verrückte. Das war nur ein Irrer, der mit einem weißen Umhang am Gipfel herumirrte, Bilder der ewigen Gottesmutter verteilte und Touristen anbot, sie mit ihrem Photoapparat am Gipfelkreuz zu photographieren. Und falls du dich erinnerst: Der Rest ist dem Alkohol zuzuschreiben."

„Und warum 2. 5. 1999?" „Ablenkung!", antwortete ich bestimmt. Diese Frage nach meinem Ableben hatte ich erwartet, obwohl sie schmerzte: „Wir haben meinen Tod inszeniert, damit wir sie in die Irre führen. Sie waren uns ganz nahe!", ergänzte ich emotionslos, „Ich musste für 10 Jahre verschwinden und tauchte als unscheinbarer Kriminalbeamter unter, um die verschwundene Kamera und die Rolle für dich ungestört suchen zu können. Bei deinen verblödeten, rätselhaften Versteckspielchen konnte man ja alt werden."

„Und wie alt bist du jetzt wirklich?", fragte mich auf einmal mein Schreiberling mit einer eindringlichen Stimme. Die Flamme der Kerze spiegelt sich in seinem stechenden Blick. Ich stockte – diese Frage hatte ich nicht erwartet. „56, obwohl – ich fühle mich wie 112", erwiderte ich unsicher. Mein naiver Schreiberling grinste plötzlich amüsiert, blickte auf seine alte Uhr, und setzte nach: „Und? Fühlst du dich nicht öfters müde? So alle hundert Jahre?" Mir stockte der Atem. Ich war tatsächlich extrem müde. Eigentlich hatte ich die letzten Jahre irgendwie verschlafen. „Wie, was meinst du mit ‚so alle hundert Jahre'?", entfuhr es mir. Hinter meinen stechenden Augen verspürte ich diesen Widerspruch des langen Lebens. Darüber hatte ich noch nie nachgedacht. Ich musste mich konzentrieren.

Mein Schreiberling kramte währenddessen in seinem Rucksack und zog plötzlich so eine Art USB-Kabel heraus. Er sprang unvermittelt auf. Er zog die alte Kamera aus meiner rechten Jackentasche, klappte eine fast unsichtbare Klappe auf der Seite der Kamera auf und steckte einen Anschluss des Kabels in die Kamera. „Halte kurz den Kopf ruhig", meinte er ruhig. Ich verstand nicht und hielt den Kopf ruhig. „Wo habe ich nochmal den Stecker versteckt", hörte ich. Ich verstand nicht, während mich mein Schreiberling musternd umrundete. Ich hörte noch „Ah da, hinter dem Ohr!" und nah am Ohr so einen Klick, wie wenn man ein USB-Ladekabel an ein Handy ansteckt.

[Anmerkung des Schreiberlings: Der Aufladevorgang dauerte 60 Minuten – der Kultautor kann wohl darüber nichts berichten, weil er auf Stand-by geschaltet werden musste. Ich kann an dieser Stelle anmerken, dass HT-MMDXV, vulgo Harry T., eine meiner genialsten Erfindungen war, auf 1000 Jahre ausgelegt, mit 100 Jahre Reload-Intervall ausgestattet, und genial programmiert, gleichwohl mit einigen schweren Störungen, jedoch immer loyal, zugleich extrem unbeholfen und vor allem extrem naiv. Ein Highlight für mich sind auch die Zwiegespräche mit ihm, in denen ich mich bisweilen völlig vertrottelt darstelle. Ich bitte die Leserinnen und Leser, all dies für sich zu behalten.]

Ich hatte wohl ein Viertelstündchen geschlafen. Ich sprang auf. Ich fühlte mich energiegeladen wie schon lange nicht. „Los, los! Gehen wir's an!", forderte ich meinen vertrottelten, extrem naiven Schreiberling auf. Der schrie plötzlich auf: „Aaaah!" Er sprang auf, griff sich auf die Brust und streckte hauchend und schreiend zugleich seine Zunge heraus. „Nur zur Erinnerung: das ist ein Weinfleck und kein Blutfleck auf deinem Hemd. Und auf der Packung Chips steht deutlich in Großbuchstaben: Extra Scharf!", analysierte ich mit scharfem Auge die Lage meines Schreiberlings, der keine Schärfe vertrug und eben die auf sein Hemd gespuckten extrem scharfen Chips abrieb. „Abobo Edinnedung", stammelte da mein Schreiberling unverständlich, noch immer mit herausgestreckter scharfer Zunge, „du ha't heute tweimal Dedurt'tag, den dündhuu", er hächelte, „huundert'ten und den dinuf", er deutete ein Minus, „dündhuu", er hächelte wieder, „dünd huundert'ten!" Er lächelte und reichte mir die Hand. Ich hatte kein Wort verstanden und reichte ihm den Weinbecher. Er schlürfte und setzte ab: „Ahh, jetzt geht's – den Fünfhundertsten von 1515 bis 2015 und den Minus Fünfhundertsten logischerweise von 2515 bis 2015 – alles Gute!" Ich hatte von seinem Schwachsinn kein Wort verstanden. „Obwohl – nicht gut: 500 minus 500 ergäbe dann wohl in Summe 0 – ich habe im Programmcode hoffentlich nicht durch die Quadratsumme des Alters dividiert, das ergäbe dann ja Unendlich", setzte er unverständlich grübelnd fort und griff sich auf seinen unendlich verblödeten Quadratschädel.

Ich blickte im flackernden Kerzenlicht auf meine Uhr: 21:00 Uhr. Mein köchelnder Schreiberling hatte endlich seinen verbalen Schwachsinn beendet und kramte in seinem mächtigen Rucksack. Er stellte einen kleinen Gaskocher auf den Klapptisch, schüttete Mineralwasser in einen kleinen Topf und riss ein Suppenpackerl auf: „Das ist Buchstabensuppe – das Alphabet, das wird noch mächtig werden!", verkündete er geheimnisvoll. Wir starteten eine Viertelstunde ohne Worte auf den köchelnden Suppentopf. Mir kam dann doch Hunger auf. Und es war gut, gestärkt an die Arbeit zu gehen. Mit großem Ungeschick schaffte es mein Koch dann endlich, aus der Packerlsuppe ein genießbares Mahl durch simple Erwärmung zu kreieren. Und sie schmeckte sogar, jedenfalls in dieser gruseligen Umgebung, köstlich.

Er räumte alles in seiner üblichen Pedanterie feinsäuberlich auf und verstaute alles in seinen Rucksack. „Hast du das Werkzeug aus dem Rucksack geholt?", fragte ich ihn ungeduldig. Er begann, nachdem er das verneint hatte, wieder alles aus seinem Rucksack heraus zu kramen. Dann entnahm er endlich und umständlich das Werkzeug. Sodann verstaute er wieder sein gesamtes Kochgeschirr unendlich langsam in seinem Rucksack. Es war jetzt 22:30. Und an der Zeit, mit der gründlichen Arbeit zu beginnen.

Ich hatte mir die Methode zur Zentrierung der Macht genau überlegt und drehte mich nochmals mit Blick auf die zwölf Schädel mitten im Raum im Kreis herum: „Gib mir den Faden!", forderte ich meinen Lagerverwalter auf. Ich umwickelte den ersten Schädel mit meinem Faden und spannte den Faden zum sechsten Schädel, umwickelte den sechsten Schädel, von dort weiter zum elften Schädel. Und von dort spannte ich den Faden zum, ich zählte weiter, zum vierten … Ich stockte kurz, da der Weg zum vierten Schädel ja schon durch einen Faden blockiert war. Ich kniete also nieder und kroch auf allen Vieren unter dem bereits gespannten Faden zum vierten Schädel. Genauer gesagt auf allen Dreien, weil ich ja in der einen Hand die Spule mit Faden hielt und Stück für Stück abwickeln musste.

„Was wird das?", fragt mein geistloser Schreiberling. „Das wird das Zentrum des Weltenkreises", sagte ich verärgert. „Und wie willst du das bestimmen?", frage er süffisant. Ich wurde an meine traumatischen mathematischen Trigonometrie-Erlebnisse in der Schule erinnert.

Mein angeberischer Schreiberling rezitierte: „Man schneide die Streckensymmetralen von mindestens 2 Kreissehnen miteinander und hat den geometrischen Mittelpunkt eines Kreises." Er sprang auf und zog belustigt an einer Streckensymmetrale in Form meines gespannten Fadens. „Niiicht", konnte ich noch herausschreien. Dann stürzten der erste Schädel und der sechste Schädel und der elfte Schädel zu Boden. Den vierten Schädel hatte ich ja noch nicht mit dem Faden verbunden. Den vierten fasste ich nun wutentbrannt mit meiner Hand und schleuderte ihn auf meinen Schreiberling. Fangen konnte er auch nicht, mein Mathematikgenie. Es war 23:00.

Wir begannen von vorne. Die Schädel waren überraschenderweise ohne Schaden. Wir setzten sie exakt an ihre ursprüngliche Position. Die Zeit wurde knapp. Ich rammte mit Augenmaß einen Holzpfahl in die ungefähre Mitte des Raumes. „Los, grab genau hier!", forderte ich ihn auf und bemerkte erst jetzt, dass der Holzpfahl ein abgebrochener Oberschenkelknochen war. Mein Schreiberling setzte seinen zusammenklapp- und -schraubbaren Spaten geschickt zusammen und begann mit den Grabarbeiten. Es war 23:10. Ich wurde nervös und löste ihn ab. Nur Zentimeter um Zentimeter wurde die Grube tiefer. „Bring mit die Truhe!", bat ich ihn, um die Mindestgröße der Grube im lehmigen Boden zu bemessen. Wir hoben sie gemeinsam in die Grube. Diese war zwar groß genug, aber mit ihren fünfzehn Zentimetern noch nicht tief genug. Ich rammte den Spaten mit zunehmender Intensität in den Boden. Es war 23:35. Mir fiel X^2 ein. Die doppelte Tiefe war unmöglich, dachte ich verzweifelt. Ich würde es diesmal bei X belassen und die Truhe gleich in der ersten Ebene deponieren. Hier würde ohnehin nie wieder jemand graben. Wir aber gruben und schaufelten mit dem doch scharfen Spaten schweißtreibend mit letzter Kraft in die lehmige Tiefe, bis sie tief genug schien.

„Bring alles her!", forderte ich meinen Schreiberling auf, „die Truhe muss" – ich blickte auf die Uhr, es war 23:49 – „exakt um 24:00 geschlossen werden." Es war soweit, die feierliche Zeremonie konnte beginnen. Pathetische, monumentale Musik erfüllte plötzlich den Raum. „Gib die Kamera vorsichtig in die Truhe – und schalte bitte den Kassettenrekorder ab, das ist ja voll peinlich", forderte ich zweifach den Schreiberling mit seiner lächerlichen Regieambition auf. Mein enttäuschter Schreiberling drückte die Stopptaste und deponierte die Kamera in die Truhe. Stille.

Ich kontrollierte nochmals die offene Truhe. Die Kamera ruhte darin sanft in dem samtweichen purpurroten Tuch. Die Rolle war in der menschenhautfarbenen Hülle sorgsam verwahrt. Alles war bereit, um das Geheimnis für die nächsten 500 Jahre sicher zu bewahren. 23:54.

„Wusstest du überhaupt, dass die Truhe aus Quantentitanium besteht?", fragte mein meist naiver Schreiberling. Mir war das Wort nicht bekannt, was aber nicht viel heißen musste – „Und? Was haben wir davon?", fragt ich ihn. „Es ist unzerstörbar. Und es konserviert! Es konserviert über Jahrhunderte", erklärte er ohne Überheblichkeit, „wenn wir die Truhe hier verschließen, öffnet sie sich erst wieder in fünfhundert Jahren." Ich war erleichtert. Diese vertrottelte ewige Suche nach der Truhe samt Inhalt hatte ich wahrlich satt. Ich blickte auf die Uhr. 23:56. Wir hoben gemeinsam die noch geöffnete Truhe vorsichtig in die ausgehobene Vertiefung, sodass nur noch der geöffnete Deckel zur Hälfte aus der Grube ragte. „Perfekt!", murmelte mein Schreiberling. Wir blickten schweigend in Gedanken versunken auf das Wunderwerk aus der Zukunft. Stille. 23:57.

Eine Tür schlug plötzlich zu und hallte durch die finsteren Gänge. Wir schreckten hoch und lauschten. In der Ferne waren schlürfende Schritte zu hören. Mir fiel ein, dass wir die gestapelten Holzbalken am Eingang ungestapelt liegen gelassen hatten. Ein kurzer Panikanfall überkam mich. Mein Schreiberling stand regungslos da und starrte ohne Reaktion in die Grube. Mir schoss der Name des Führers in den Kopf. „Leviathan Minos", flüsterte ich. Mein Schreiberling blickte erschreckt auf und legte seinen Zeigefinger senkrecht auf seine Lippen. „Minos, Minos", wiederholte ich flüsternd. Wir hörten schnaufendes Atmen, das langsam mit einem flackernden Lichterschein näher kam. Mein Schreiberling zeigte aufgeregt auf den neben mir liegenden Spaten. „Tolle Waffe", dachte ich mir. Ich bückte mich langsam runter, blies die Kerze aus und tastete nach dem Spaten. Das flackernde Licht hielt vor dem Eingang an und schimmerte kaum sichtbar in die dunkle Kapelle. Instinktiv spürte ich, dass der zuvor schnaufende Atem angehalten näher kam.

„Schlag zu", kreischte mein Schreierling. Ich schwang den Spaten mit aller Kraft herum und knallte auf Metall, sodass Funken sprühten. Wir starrten uns im Halbdunkel des Funkenregens an. Mein Gegenüber hatte eine mittelalterliche Wuchtwaffe in beiden Händen, an deren Ende eine schwere Metallkugel mit Dornen saß. „Leviathan Minos – wie originell und einfach zugleich, der neue Name als umgerührte Buchstabensuppe", zischte ich, „Simon Hevithal – hässlich wie eine Kröte. Konntest du keinen anderen Körper finden!" Simon Hevithal lachte auf und fauchte mich an: „Warte ab, wie du aussehen wirst, wenn ich hier fertig bin!" Mein Schreiberling blickte in der angespannten Situation auf die Uhr und fuchtelte wild. 23:59:00.

Hevithal holte in dieser Sekunde aus und schwang seine schwere Kugel in meine Richtung. Ich duckte mich und knallte ihm postwendend die Breitseite des Spatens an den harten Kopf. Mir fiel der Spaten aus der Hand. Er wankte kurz nach vorne. Ich packte Leviathan Minos an seinem weißen Haarschopf. Und hatte plötzlich den Haarschopf in der Hand. Ohne Toupet starrte mir das bekannte Gesicht samt seinen verbrannten Haaren in die Augen. 23:59:12.

In diesem Augenblick stieß Hevithal mit dem hässlichen Gesicht nach vorne, voll in meine Magengegend. Ich fiel rücklings auf den Boden. Wehrlos. Und er bäuchlings auf mir. Hinter mir kniete mein zittriger Schreiberling und kramte hastig in seinem Rucksack. Ich reichte die Hand nach hinten und er reichte mir – einen Suppenlöffel. „Das ist für deine Buchstabensuppe", kreischte ich wutentbrannt und rammte dem verblüfften Hevithal den Suppenlöffel tief in den Mund. Viel tiefer, als von der Natur im Rachen vorgesehen. 23:59:21.

Mein Lagerverwalter reichte mir als nächstes den Korkenzieher, den ich voll in Richtung Wange stieß. Hevithal hob abwehrend die Hand. Ich traf mit der Spitze mitten in den globigen Daumen. Ein ekelig-grüner Eiterstrahl spritzte aus seinem Daumen mir genau in die stechenden Augen. Dann tiefer in meinen offenen Mund. 23:59:37.

Mein Adjutant übergab sich kurz. Und ich fasste rücklings in die angekotzte Chips-Packung, die mein hilfreicher Schreiberling in diesem Moment heranreichte, und drückte Hevithal eine geballte Ladung extra scharfer Chips in seine Augen. Er schrie auf, rappelte sich hoch und torkelte nach rückwärts. 23:59:45.

Ich sprang auf. Und starrte angewidert auf meine Hand voll schleimiger Buchstabensuppe und aufgeklebter Chips-Brösel. Im selben Moment holte Hevithal mit seinem Morgenstern samt Metalldornen über Kopf wuchtig in meine Richtung aus. Und schlug exakt über ihm in einen Holzbalken ein, sodass sich die Dornen in das alte Holz bohrten und samt Metallkugel stecken blieben. Ich musste kurz auflachen und konnte nur kraftlos mit meiner schleimigen Faust ins Leere schlagen. 23:59:52.

Mein Schreiberling warf mir in diesem Augenblick den Spaten zu, zielgenau mit dem Griff in meine geöffnete Faust. Mit aller Kraft schwang ich den Spaten mit der scharfen Kante nach vorne, zielgenau an seinen Hals. Ungläubig blickte mich Hevithal für eine Sekunde an. 23:59:56. In der nächsten Sekunde löste sich sein Kopf wie in Zeitlupe von seinem Rumpf. Blut schoss vom Rumpf bis an die Holzdecke. 23:59:57. In einem Bogen aus Blut schlug der Kopf mit grässlich geöffneten Augen auf dem Boden auf. 23:59:58. Und rollte wie in Zeitlupe am Boden entlang. 23:59:59. Mit der letzten Umdrehung berührte der lose Kopf sanft mit der Nasenspitze den geöffneten Deckel der Truhe. 24:00:00.

Der Deckel kippte und klappte in dieser Sekunde zu. Ich klappte kraftlos zusammen. Und mein kniender Schreiberling warf sich noch in derselben Sekunde nach vorne. Über unseren Köpfen funkelten in diesem Augenblick grelle Lichtstrahlen durch den finsteren Raum. Ich drehte mich auf den Rücken. Die Strahlen schossen aus den stechenden Augen der zwölf Schädel. Jeder Schädel verband sich mit einem scharfen Strahl mit jedem anderen Schädel. Ich versprühte ein Glücksgefühl. Und verspürte wieder dieses ausnehmend angenehme Gefühl, das gesamte Wissen aufzunehmen und loszulassen. Es waren x mal x–1 geteilt durch zwei Lichtstrahlen, bei zwölf Schädeln also exakt 66, die als magische Ziffernsumme wieder zwölf ergaben. Die magische Zwölf

erstrahlte vor meinen unendlich glücklichen Augen als
glitzerndes Netz des Lichtes,
das alles mit allem auf ewig
verband. Ich atmete mit geschlossenen Augen tief ein.
Das Wunderwerk vor meinen
Augen verströmte Vollkom-
menheit und Harmonie. Die
Diagonalen vereinigten sich
in jeder beliebigen Hälfte
reihum mit den anderen

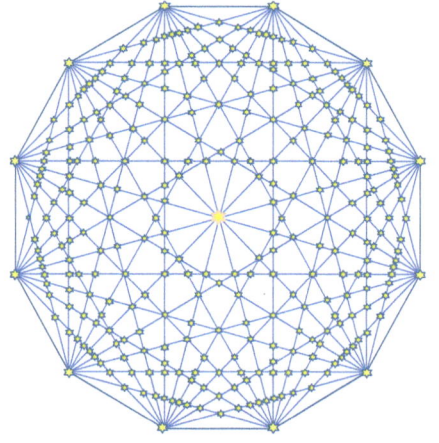

Strahlen in exakt zwölf mal zwölf glühenden Punkten. Jede Hälfte wurde durch eine mittige Diagonale mit zwölf Sternen des Glücks verbunden. Und in der Mitte! In der Mitte thronte dann dieser eine Punkt, dieses Fundament des Kosmos. Das Glück strömte von meinen tränenden Augen in die Mitte zum Herzen. Dieser eine Punkt, umrundet von zwölf Gestirnen, erklärte alles.

Ich schwebte innerlich vor Glück und verstand für einen Moment alles. Und versuchte, es mit meinem Verstand zu verstehen. Bei x gleich zwölf sind es zwei mal x hoch 2 plus x plus 1 Schnittpunkte des ewigen Lebens. Es klopfte. Es klopfte in dem wohlbekannten Rhythmus in meinem Kopf. Ich war plötzlich hellwach. Und spürte auf meinem Kopf die klopfenden Finger meines Schreiberlings, der wie ich flach am Rücken lag. Er deutete mit seinem Daumen heftig nach außen. Ich verstand und rückte wie er unbeholfen am Rücken nach außen. In diesem Augenblick senkten sich die Strahlen – langsam, exakt zeitgleich. Diesen Augenblick konnte ich kaum fassen. Das Netz des Lichts wurde dreidimensional, als würde sich Raum und Zeit gleichzeitig krümmen. Und der eine Punkt in der Mitte strahlte kosmisch. Er strahlte umso mehr, je näher er der Truhe kam. Und er berührte in diesem kosmischen Moment exakt die Mitte der Truhe. Es machte kurz ein leises „Blop!". Und alle Strahlen schossen in diesen einen Punkt. 00:00:00.

„Origineller Abschluss!", strahlte mein Schreiberling im Dunkeln und knipste die Taschenlampe an. „Und hast du alles gesehen und verstanden?", ergänzte er gerührt. „Ja, ja", erwiderte ich ungerührt und wischte mir meine Tränen aus den Augen. „Fein, dann hat ja auch die Übertragung aller Daten an dich als persistentes Backup geklappt", plapperte er wie immer absolut unverständlich und verblödet vor sich hin.

Wir richteten uns unbeholfen auf. Die Truhe in der Mitte des Raumes war verschwunden, bedeckt vom Staub der Vergangenheit. Wir schütteten noch etwas lose Erde über den an dieser Stelle nun steinharten Lehm. Und über den daneben liegenden Kopf. „Quantentitanium", merkte mein Schreiberling an, „das konserviert." Mir fiel seine Anmerkung von 23:54 ein: „Sagtest du nicht, dass es unzerstörbar sei?" Mein Schreiberling blickte ernsthaft auf: „Ich habe ihm nie vertraut – und daher quasi eine Soll-Bruchstelle eingebaut, die du exakt getroffen hast." Wir schmunzelten. „Spaten bringen Glück!", kicherte ich. „Und Pech zugleich! Dafür kann er das Geheimnis nun ganz nah bewachen", erwiderte mein kichernder Schreiberling ausgleichend, „Mit Steiner war es übrigens dasselbe." „Wie? Das mit dem Krampen?", fragte ich. „Gut geraten, das war helle, Krampen und Spaten, auf Soll-Bruchstelle“, reimte mein Schreiberling auf die Schnelle.

Ich blickte auf die Uhr – 00:12: „Wir haben noch acht Stunden, bis das Tor zu den Katakomben wieder öffnet.“ Mein Schreiberling kramte in seinem Rucksack und entnahm eine Decke. Und dann eine zweite Decke, die er mir zuwarf. Und knipste dann die Taschenlampe aus. Wir machten es uns zwischen den Gebeinen gemütlich.

„Dir habe ich vertraut!“, sagte plötzlich mein Schreiberling im Dunkeln. „Ja, und?“, entfuhr es mir im Halbschlaf. „Naja, eben auch Quantentitanium. Aber bei dir habe ich keine Soll-Bruchstelle eingebaut“, erklärte er. Ich verstand nicht. „Aber keine Angst, das Gehirn ist echt. Gut konserviert. Das erklärt auch einiges“, ergänzte er unverständlich. Ich grübelte. Mir fiel diese ungelöste Frage meines Alters ein. „Und wie alt bist du?“, fragte ich schläfrig meinen altklugen Schreiberling. „Kein großes Geheimnis, alles wie bei dir“, murmelte er halbschnarchend. Ich träumte bereits.

Der verdammte Handy-Wecker weckte uns exakt um 07:30. Im Halbschlaf packten wir alles ein. Genauer: mein Packerling packte sein ganzes Kramuri in seinen großen Rucksack. Ich blickte mich nochmals um. Es war wieder alles so, wie wir es vorgefunden hatten. Nur der kleine kopfgroße Erdhügel ruhte wachsam in der Mitte. Und am Rand fand sich eine fast körpergroße Aufschüttung. Am Eingang zur Kapelle stapelten wir die Holzbalken wieder lose übereinander. Wir schlichen uns dann wachsam nach links, wieder zurück, nach rechts, vorbei an geordneten Knochenhaufen, wieder nach rechts, wieder zurück, dann nach links, vorbei an ungeordneten Knochenhaufen, nach links und dann nach rechts, durch mehrere schmale Gänge, bis wir endlich in dem wohnzimmergroßen Raum mit den vier Himmelsrichtungen landeten. „Auf nach Osten!“, zeigte mein Schreiberling mit großer Geste nach rechts. Ich wartete im Dunkeln noch auf das Tock meines 189 Zentimeter großen Schreiberlings und folgte im gebückt vorwärts schreitend.

Am Ende des Ganges hielten wir im Dunklen kurz inne, schritten im richtigen Augenblick unbeobachtet in die Eingangshalle und mischten uns unter die Menschenmenge. Wir traten aus dem Tor zu den Katakomben ins Freie. „Der grandiose Stephansplatz sieht zu jeder Tageszeit anders aus", blitzte es kurz in meinen Gedanken auf. Die Sonne strahlte kraftvoll. Die sauerstoffreiche Luft war so klar wie schon lange nicht. Ich atmete tief ein. Mein Schreiberling samt Rucksack stand peinlich triumphierend mit nach oben ausgestreckten Händen neben mir. „Hunger!", sagten wir zeitgleich.

Wir setzten uns gut gelaunt in das Cafe gegenüber. „Alles natürlich" stand erfreulicherweise auf der originellen Speisekarte. Wir bestellten ein ausgiebiges Frühstück. Eine Zeitlang vertieften wir uns gedankenverloren schweigend in das köstliche, äußerst geschmackvolle Essen. Ich war erleichtert: „Wir werden jetzt lange Ruhe haben." „Haben", murmelte mein Schreiberling mit vollem Mund. Ich reichte ihm den Zucker auf seine fast unhöflich verkürzte Forderung. „Gehabt", murmelte er zeitlich passend mit vollem Mund und reichte mir den Zucker zurück.

Ich lehnte mich entspannt zurück. „Wie es hier wohl in fünfhundert Jahren aussehen wird?", fragte ich philosophisch. Mein Schreiberling blickte erstaunt auf:

„Na sieh dich um!"

[Anmerkung des Kultautors: Liebe Leserin, lieber Leser! Während mein extrem naiver Schreiberling, dieser Wissenschaftlerwunderwuzzi des 26. Jahrhunderts, nach Tippen des letzten Buchstabens unseres grandiosen Buches zufrieden am Klo sitzt, tippe ich hier noch schnell selber das wahre Ende. Ich bitte Sie, dieses für sich zu behalten.]

Ich sah mich tatsächlich um.

Und blickte hinüber zum großen Tor des Stephansdoms. Dort verließ eben eine unscheinbare Frau den Dom. Sie drängte sich mit ihrer großen Umhangtasche vorbei an den hineinströmenden Menschenmassen. Sie hielt kurz an und blickte sich suchend um. Ihr Blick streifte nur kurz unser Cafe. Sie setzt sogleich ihren unscheinbaren Gang fort und schritt in einiger Entfernung an uns vorbei. Im Vorübergehen griff sie in ihre große Umhangtasche und zog für einen kurzen unscheinbaren Augenblick geöffnet ein purpurrotes Tuch heraus. Ich konnte deutlich die verbrannten Haare erkennen und nickte ihr zufrieden zu.

[Anmerkung des Schreiberlings: Liebe Leserin, lieber Leser! Während mein kultig-ulkiger Kultautor, dieser Literaturwunderwuzzi des 26. Jahrhunderts, nach Tippen seines letzten Buchstabens unseres grandiosen Buches jetzt zufrieden am Klo sitzt – und vergessen hat, die Word-2515-Datei zu speichern und zu schließen, habe ich noch die vorige Seite korrekturgelesen und seine zahllosen Tippfehler korrigiert. Sie können das gerne weitererzählen.]

„Du wirst nie erraten, in welchem Wurmloch ich ihn versteckt habe", forderte mich mein etwas naiver Kultautor verschmitzt und durchaus fundiert heraus. „Ich nehme an, unter der Einstein-Rosen-Brücke", konterte ich, „und mit meiner unscheinbaren Sekretärin rede ich noch."

Wir einigten uns rasch auf ein endliches Unentschieden und stellten noch das Nachwort samt Rezensionen und Autor(inn)enforen fertig. Das Meisterwerk war vollendet.

Wir trafen uns am Abend unter sternenklarem Himmel, diskutierten die wahrlich berechtigten Kritiken, zerkuderten uns über unsere Ignoranz und feierten mit dem Brixener Lesekreis ausgiebig das lang ersehnte Ende.

Um Punkt 24:00 kam der letzte heikle Moment, ohne dessen Erfolg Sie das alles nicht in Händen haben könnten: der Upload zurück in das Jahr 2017 mittels Quantenschaumpunktprojektion. Und zwar genau … JETZT.

Nachwort

Harry T. ist wahrlich ein Kult-Autor – seit Jahrhunderten.

Was er denkt, was er schreibt und wie er samt Schreiberling schreibt ist Kult. Auch wenn die gemeine Gesellschaft eine ganze andere Meinung von Kult hat und das wahre Verbrechen seine Bücher waren und sein werden.

Im 16. Jahrhundert wäre Harry Grund genug gewesen, die Erfindung des Buchdrucks wieder rückgängig zu machen.

Im 17. Jahrhundert wäre er von der Inquisition berechtigter Weise verfolgt und am Scheiterhaufen mit alle seinen verbannten Büchern verbrannt worden.

Im 18. Jahrhundert wäre er als buchloser Namenloser neben Robespierre und einem anonymen Schreiberling auf der Guillotine geopfert worden.

Im 19. Jahrhundert wäre er mit den verbotenen Büchern am Kopf vor der Armbrust gestanden – opps, zu tief gezielt.

Im 20. Jahrhundert wäre er im internen Büro des Kriminalamtes krimilos mit Burn-in statt Burn-out verkommen.

Im 21. Jahrhundert wäre er für irgendeinen sinnlosen, alternativen E-Book-Literaturnobelpreis nominiert worden, wenn es ein Buch gegeben hätte und das E durch einen erfolgreichen Book-Upload gerechtfertigt gewesen wäre.

Im 26. Jahrhundert wäre er endlich an die Stätte seines literarischen Verbrechens zurückgekehrt.

„Du Harry, wir müssten da eigentlich immer ‚wurde' oder ‚war' statt ‚wäre' schreiben!"

„Lieber Joe, lass es – das würden sie nicht verstehen."

Rezensionen und Autor(inn)enforen

Harry und Joe (2009):

> *"Der 'chattenmann – ein wahrlich schräges dunkles Buch, das die Schattenseiten der Literatur vor Augen führt!"*

Anonym (2009):

> *"Das hält keiner aus!"*

Monsieur B. (2009):

> *"Mach weiter Harry – auch wenn den genialen Wahnsinn keiner kapiert – oder möglicherweise nur ich! Aber ich halte das aus!"*

Heidi H. (2009):

> *Der 'chattenmann*
>
> *Ein grenzgenialer Wahnsinnskrimi mit historisch fundiertem Hintergrund.*
>
> *Dicht und literarisch anspruchsvoll erzählen der Autor und sein Schreiberling (Textierungsbeiträger) das Schicksal des Mannes, der sich – gebrandmarkt durch das diabolische "S" – innerlich gezwungen fühlt, aus seinem Schatten zu treten, um reuelos "Wiedergutmachung" längst vergangener, verhasster Taten zu leisten.*
>
> *Vorschlag zur Nominierung für den Preis der "Krimi-Hotlist 2010"*

Anonym (2010):

> *"Fegefeuer passt wirklich gut – ich habe das erste gleich mit dem zweiten Buch verbrannt. Bevor ich es gelesen habe, wohlgemerkt!"*

Anonymus aus dem Brixener Lesekreis (2010):

> *"Wir staunen – ihr werdet besser. Aber besser ist noch nicht gut genug."*

Heidi H. (2010):

Fegefeuer

Ein quanten-sprung-hafter Essay zwischen Raum und Zeit, zwischen Realität und Absurdität, basierend auf der wohl ältesten Sinnesfrage der menschlichen und übermenschlichen Geschichte: der Suche nach dem ewigen Leben.

Empfehlung für dieses Zweitlingswerk: "Strecken Sie sich lang auf einen bequemen Fotö und gönnen Sie sich einen reifen Black Bowmore (... denn auch der ist sagenumwoben)"

Anonym (2010):

"Genial!"
"Kann das 3. Buch schon nicht mehr erwarten!"

Monsieur B. (2010):

"Lieber 'chattenmann, Fegefeuer ist super – ich habe aber nichts kapiert! Ich hoffe, ich halte das noch länger aus!"

Anonym (2011):

"Genialer!"
"Das 3. Buch hat meine Erwartungen weit übertroffen – warte jetzt auf das 4. Buch schon voller Ungeduld!"

Monsieur B. (2011):

"Lieber Kultautor samt Schreiberling, die Länge wird mühsam, da muss man ja ewig lesen. Ich habe absolut nichts kapiert! Ich halte das kaum mehr aus!"

Joe B., Anonym (2012):

"Gratuliere dir, Harry!
Das 4. Buch wird mir sehr, sehr lange in Erinnerung bleiben!
Grüße aus dem Süden"

Harry T. (2012):

> "Ich werde das nie vergessen – wir sehen uns sicher wieder, irgendwann – und dann bist du dran!"

Leonardo d.V. (1519):

> „Vorrei riavere il mio baule con tutto il contenuto!"
> *(Ich möchte meine Truhe samt Inhalt wieder haben!)*

Monsieur B. (2012):

> "Lieber Kultautor samt Schreiberling, ich halt das nicht mehr aus. Was heißt ‚kein Buch' und überhaupt ‚Schodaun'? Ich habe die Zusammenhänge der vier Bücher aber so was von überhaupt nicht kapiert."

Harry und Joe (2012):

> "Lieber Monsieur B., wir freuen uns, dass Du als Leser ‚anspruchsvoller' Zeitungen an unseren literarisch anspruchsvollen Werken so eifrig Anteil nimmst. Aber zur Erklärung: Du musst zwischen den Titeln und Bildern auch den Text sinnerfassend lesen."

Joe B., anonym (Sep. 2012):

> "Du Harry, es sind so viele Ungereimtheiten in deinem Werk. Da kennt sich sicher keiner aus. Möchtest Du das wirklich...?"

Harry T. (2012, total am Ende):

> "Ich halte das nicht mehr aus, ich kann nicht mehr denken, lass es uns beenden!"

Joe B., noch anonymer (Juli 2013):

> "Mach weiter, Harry, du schaffst es, motivier dich, los nur noch ein Epilog!"

Harry T. (Aug. 2013):

> *"Ok, ok, aber was ist ein Epilog?"*

Monsieur B. (Sep. 2013):

> *"Lieber Kultautor samt Schreiberling, ich hab's kapiert. Ich hab's kapiert!! Wusste gar nicht, dass man das auch ganz lesen kann. Danke für die vier Wochen extremsten Lesevergnügens!"*

Anonym (Sep. 2013):

> *"Genialer Wahnsinn, mehr oder weniger! Ihr seid wahrlich extrem kultig-naiv! Wann geht der Kult endlich weiter?"*

Gilly B. (Okt. 2013):

> *"Echt super – endlich ein „Buch" ohne Rechtschreibfehler! Ich habe mich zerkudert, aber verstanden habe ich das nicht. Wo ist die versprochene Auflösung?"*

Harry T. und Joe B. (Okt. 2013):

> *"Liebe Gilly B., tanke für das Lekdorad. Und wir erklären's Dir noch einmal: Also, es war einmal eine geheimnisvolle Rolle mit so einem Pergament innen drin, auf dem alles geschrieben steht. Ja, alles über das ewige Leben und so. Es wird da alles erklärt, aber das verstehen die wenigsten, weil es zu kompliziert ist. Hast du das verstanden? Jedenfalls, jeder will die Rolle haben. Und das aus gutem Grund. Denn es gab, nein es gibt da eine geheimnisvolle Kamera, die weiß etwas über ..., aber das dürfen wir ja hier nicht verraten – eben eine geheimnisvolle Kamera. Aber – jetzt kommt's: Nur einmal alle 500 Jahre zeigt sie das Datum auf dem Foto falsch an, um 500 Jahre voraus. Und derjenige, der da auf dem einen Foto ist, lebt deshalb 500 Jahre. Und deshalb will die Kamera auch ein jeder haben. Leonardo dV hat das alles gewusst, weil er die Rolle und die Kamera gehabt hat und als einziger das Geheimnis durchschaut hat und auf diesem einen Foto vor fünfhundert Jahren war. Er hat das auch alles verschlüsselt wei-*

tergegeben und die Rolle und den Fotoapparat gezeichnet und diese in einer Truhe versteckt, die aber, weil ja alle das haben wollen, über die Jahrhunderte verstreut versteckt, gefunden und wieder versteckt wurden – alles klar bis hierher? Und Harry T. weiß das auch alles, weiß das aber nicht und weiß auch nicht, warum. Ist ja auch egal. Jedenfalls hat er danach gesucht und dann ja auch alles gefunden und fast alles verstanden. Ja, und dann ist aber das Kreuz auf den ... – du weißt schon wen gefallen, bevor er das machen konnte, weshalb ja alle das haben wollten. Alles klar? Und warum wir das alles wissen, dürfen wir Dir nicht verraten..."

Gilly B. (Nov. 2013):

"Tanke!"

Harry T. und Joe B. (Dez. 2013):

"Bidde!"

Resolution des Brixener Lesekreises (Sep. 2014):

"Liebe Kultautoren und Schreiberlinge, herzlichen Dank – der verregnete Sommer 2014 war der schönste der letzten Jahre. Endlich kein Buch. Ihr werdet zwar besser, aber ein Jahr Lesepause ist wahrlich eine Genugtuung. Noch besser wäre vielleicht ein weiteres Leerjahr."

Anonym (Okt. 2014):

"Liebster Harry und liebster Joe, ich freue mich für Euch über Eure gewaltigen literarischen Erfolge! Ich wollte hier nur höflichst anfragen, wo das nächste geniale Buch bleibt. Es sei mir auch noch erlaubt, auf die versprochene geniale Auflösung freundlich hinzuweisen, auf die ich schon dringend warte! Ich bitte herzlichst um Antwort samt Absende-Adresse. Oder wurscht! Ich finde Euch zwei verruchte Buchzwerge auch so, ihr literarisches Gesindel! Ich treibe Euch zwei Hohlköpfe in Euren geistigen Hohlkopflöchern auf und hole mir das lächerliche Geheimnis. Und dann mache ich Euch fertig."

Harry T. und Joe B. (Okt. 2014):

> *"Lieber Anonym, wir verstehen, dass Du verärgert bist – immer nur hinterherjagen und nie etwas erwischen. Kaum siehst Du uns, sind wir schon wieder weg, ätsch" [bitte Joe, jetzt komm wieder unter dem Schreibtisch hervor] [bitte Harry, und du aus dem Kasten]*

Monsieur B. (Nov. 2014):

> *"Lieber Kultautor samt Schreiberling, ich habe meinen Sommerkurs für sinnerfassendes Lesen samt Schnelllesekurs erfolgreich abgeschlossen und stehe jetzt vor einem leeren Bücherregal. Was soll ich tun?"*

Harry und Joe (Nov. 2014):

> *"Lieber Monsieur B., Du musst Dir unser sinnloses Buch kaufen, das aber noch nicht existiert, damit du es nicht schnell lesen kannst. Damit war dann der Sommerkurs umsonst und Du hast Dir einiges erspart."*

Resolution des Brixener Lesekreises (15. Aug. 2015):

> *"Lieber Kultautor samt Schreiberling, wir sind wahrlich überrascht. Ein geniales Ende, das wir so nie erwartet hätten, aber lange ersehnt haben (das Ende) – alles Gute in den nächsten Jahr[hundert]en"*

Joe B. (15. Aug. 2515):

> *"Es hat geklappt! Es hat funktioniert! Ich bin wieder da, wo ich war! Die Kreise schließen sich!!"*

Harry T. (15. Aug. 2515):

> *"Ich bin müde, schließ mich bitte an ... "*